Karl Richard Lindscheid

Der Rotkehlchenbaum

und andere Geschichten

AF187198

Karl Richard Lindscheid

Der Rotkehlchenbaum

und andere Geschichten

Bibliografische Informationen der Deutschen Nationalbibliothek:
Die Deutsche Nationalbibliothek verzeichnet diese Publikation
in der Deutschen Nationalbibliografie; detaillierte
bibliografische Daten sind im Internet unter http://dnd-dnb.de
abrufbar.

Herstellung und Verlag: Books on Demand, Norderstedt
ISBN 9 783748 140511

Widmung

Für Annette – natürlich

Inhalt

Roxi in Polen

Silvia lässt sich aus der Gruppe zurückfallen und wartet auf Roxi, der hinterhertrottet. Als er zu ihr aufgeschlossen hat, hält sie ihm ihre Hand entgegen, aber Roxi übersieht die Hand demonstrativ. Silvia zuckt mit den Schultern, dann zitiert sie aus einem Kinderbuch: „Die Schildkröte Miracula war nörgelig. Das gibt es ja."

Aber Roxi unterbricht. Er kennt den Text und weiß, wie er weitergeht. „Bitte, nicht weiter."

„Roxi, was ist los?", fragt Silvia. „Die letzten drei Tage waren doch wirklich schön. Die Gruppe ist klein, wir bekommen richtig viel zu sehen und unser Reiseleiter gibt sich wirklich viel Mühe. Außerdem ist er sehr nett. Da gibt es doch eigentlich keinen Grund, so angefressen auszusehen wie du es heute tust."

„Angefressen", sagt Roxi, „angefressen ist nicht der richtige Ausdruck. Angepisst heißt das, maximal angepisst." Er wird lauter.

„Nicht so laut, Roxi", mahnt Silvia, „die anderen sind noch in Hörweite."

„Gut", sagt Roxi, dämpft die Stimme und trottet weiter. Er überlegt, ob es nicht doch besser gewesen wäre, Silvias Hand zu nehmen, aber dann wird er aus seinen Überlegungen herausgerissen. „Roxi, was ist los?", wiederholt Silvia ihre Frage.

„Gestern Abend", sagt Roxi, „da war schon wieder etwas. Da saßen wir ganz gemütlich beim Essen."

„Ja", sagt Silvia. „Es gab Pirogi, von Bronja gekocht. Es war sehr lecker. Wirklich gut."

„Ja", wiederholt Roxi, „wirklich gut. Aber dazu gab es Bier."

„War es nicht gut?", fragt Silvia. „Du spuckst doch sonst nicht ins Glas."

„Es war gut", sagt Roxi. „Es war allerbestes Żywiec, ein sehr gutes Bier. Aber wie der Herr Bankdirektor sich dann über polnische Biere ausgelassen hat, das war zum Kotzen. Welches Bier gehört welchem Konzern und wo wird es gebraut?"

„Hubert heißt er", sagt Silvia. „Ich fand es ganz interessant."

„Interessant? Mensch, Silvia, so etwas ist einfach nur Wichtigmacherei. Wahrscheinlich wiederholt er das heute Abend wieder und fühlt sich noch ganz wohl dabei."

„Ich finde es jedenfalls schön, einmal eine Einführung in polnische Biere zu bekommen", sagt Silvia. „Zu Hause interessierst du Dich doch nur für Veltins und Warsteiner, kein Żywiec, kein Okocim. Weißt du eigentlich, wo das Veltins, das du trinkst, herkommt?"

„Mir schmeckt es eigentlich gut", weicht Roxi aus.

„Veltins kommt aus Grevenstein", sagt Silvia, „aus dem Sauerland."

Die beiden trotten weiter, immer auf Distanz zu der Gruppe. Dann bleibt Silvia stehen. „Reiß dich zusammen, Roxi", zischt sie ganz leise, aber hörbar. „Mach nicht diese Reise kaputt, mach nicht die Gruppe nieder und lass dich vor allem nicht an dem Reiseleiter aus. Mateusz ist eine Seele von Mensch. Und wenn du irgendwann einmal anfängst, an dem Essen von Bronja zu mäkeln, dann passiert Folgendes." Silvia macht eine Pause.

„Was?", fragt Roxi zurück.

„Weißt du, wie viele Kilometer es von hier zum Quartier zurück sind? Willst du die zu Fuß gehen? Dafür würde ich zur Not sorgen."

Roxi kann sich zwar nicht vorstellen, dass Silvia ihn allein hierlassen würde, aber er hält lieber den Mund. Dann sieht er die Gruppe vor sich. Alle stehen schon auf einer Beobachtungskanzel, Hubert, der Bankdirektor, Astrid, seine

Frau, dazu die beiden anderen, der Rest der Gruppe, Lehrer, wie es aussieht. Und natürlich auch Mateusz, der Reiseleiter, der seine Mütze tief in sein zerfurchtes Gesicht gezogen hat, denn es wird langsam kalt. Ende April in Ostpolen, da zieht es abends an. Er winkt die beiden auf die Kanzel. Dann legt er einen Finger auf den Mund, hält die Hand neben den Mund und sagt ganz leise: „Dubelt." Die erhoffte Balz der Doppelschnepfe hat begonnen.

„Toll", sagt Silvia. „Doppelschnepfe am Abend."
„Gut", sagt Mateuz und nimmt einen Schluck Bier. „Nicht immer normal mit Doppelschnepfe, manchmal da, manchmal nicht. Aber heute Dubelt war da." Seine Frau Bronja lächelt. „Mateuz ist stolz. Dubelt ist ein großes Erlebnis."
„Das Essen war ganz große Klasse", lässt sich Philipp vernehmen. „Bigos vom Feinsten. Sag einmal, Bronja, was hast du da hineingetan?"
Bronja führt aus und Philipp hört zu. Dann sagt er: „Steinpilze bekomme ich nicht immer, da nehme ich Pfifferlinge aus dem Glas. Aber Steinpilze aus dem Wald sind natürlich viel besser. Und die Sache mit den drei Kochtöpfen, die kenne ich. Aber wie du das gemacht hast, das war wirklich ganz lecker."
Bronja freut sich. „Polnische Küche, das ist nicht für jeden. Weißt du, da gibt es", sie sucht nach Worten, „Leute, die das nicht lieben. Weil es aus Polen kommt."
„Quatsch", sagt Philipp und Roxi verdreht die Augen. Solch einen Eintopf so hoch zu loben, das ist wirklich nicht nötig. Philipp kann gar nichts anderes als ein Lehrer sein – so wie er immer tut. Buchstäblich an allem ist oder scheint er interessiert. Und Johanna, seine Frau, die muss auch Lehrerin sein. Als alle nach der Doppelschnepfenbalz im Kleinbus saßen, hat Mateusz noch einmal durchgezählt. Obwohl doch alle da waren. „Warum zählst du durch?", hatte Roxi gefragt.

4

„Ist besser", hatte Mateusz gesagt und Johanna hatte sich an Roxi gewandt: „Ist doch nur der Zahlenraum von eins bis zehn, das ist keine große Sache, Roxi. Oder etwa doch?" Roxi hätte in das Polster des Sitzes vor sich beißen können, aber er hatte an Silvia gedacht. Nur kein falsches Wort.

„Habt ihr das von gestern noch behalten?", fragt Hubert, der Bankdirektor. „Tyskie aus Schlesien, Żywiec auch aus Schlesien, Okocim aus Brzesko in Kleinpolen und Lech aus Posen, das sind die größten polnischen Brauereien. Tyskie und Lech gehören zu SAB Miller, Żywiec gehört zum Heineken-Konzern und Okocim zu Carlsberg. Da kenne ich mich aus." Roxi nippt an seinem Bier. Irgendetwas müsste er noch sagen. Er überlegt. „Dobrze (gut)", sagt er dann. Er trinkt sein Bier aus, schnappt sich noch ein neues, entkorkt es und geht dann hoch in das Doppelzimmer, welches Silvia und er bewohnen. Während er sich bettfertig macht, überlegt er, wie er dieser Gruppe noch einen tunken könnte, ohne mit Silvia aneinanderzugeraten.

Am nächsten Morgen kommen Silvia und Roxi in den Speiseraum und sehen, dass sie die letzten sind. Roxi blickt auf die Uhr. Sieben Uhr. Draußen ist es noch dunkel. Es bleibt also noch genug Zeit. Die Abfahrt war am vorigen Abend auf acht Uhr festgesetzt worden. Roxi setzt sich an den großen runden Tisch. Neben Philipp ist noch ein Platz frei. Silvia setzt sich zwischen Hubert und Johanna. Philipp unterhält sich mit Bronja. „Wirklich lecker, das Bigos gestern Abend. Und so bekömmlich. Auch Johanna hat es gut vertragen."
Bronja lächelt. Sie sucht nach deutschen Wörtern, aber die hat sie nicht parat. „Kapusta (Weißkohl). Nie kapusta kiszona (eingelegter Weißkohl, Sauerkraut)." Philipp muss wirklich Lehrer sein. Er schlägt in dem Wörterbuch nach, das vor ihm

auf dem Tisch liegt. „Das muss ich zu Hause auch machen, Johanna. Bigos nur mit Weißkohl, nicht mit Sauerkraut. Und natürlich wenig Geräuchertes, du weißt, das Nitritpökelsalz."

Roxi hat keine Lust, sich zum Frühstück Kochrezepte von einem Abendessen anzuhören. Er verzieht die Mundwinkel.

Philipp fragt: „Sag mal Roxi, willst du lieber neben Silvia sitzen? Dann müssten Silvia und ich die Plätze tauschen."

„Nein, nein", sagt Roxi und ist froh, als Bronja fragt: „Kaffee oder Tee?"

„Kawa, Herbata", echot Philipp und bekommt dafür von Bronja auch noch ein Lob.

Roxi ist zum Kotzen zumute. Herr Lehrer, ich weiß was, und geballtes Gutmenschentum zum Frühstück – wie widerlich.

„Kaffee", sagt er. Doch bevor er sich dem frischen Brot und der hausgemachten Marmelade zuwendet, fügt er trotzdem „prosze" (bitte) hinzu. Bronja gibt sich wirklich Mühe und kann für Philipps Art nichts. Bronja geht mit einer Thermoskanne zu Roxis Platz und schenkt ihm ein. „Danke", sagt Roxi.

„Dziękuje", echot Philipp.

Roxi beißt in sein Brot. „Heute Morgen schon Sprachlabor ist mir eigentlich zu viel." Es klingt ein wenig undeutlich, aber das ist gewollt. Er schluckt runter und wendet sich an Mateusz. „Die Doppelschnepfen gestern waren gut." Dabei beobachtet er, wie sich die Mundwinkel von Philipp nach unten ziehen. Mateusz lächelt froh. „Sechs Doppelschnepfen bei der Balz. Das ist gut."

„Ja stimmt, sechs", sagt Roxi. „Zahlenraum von eins bis zehn." Er sieht, wie Johannas Gesicht sich etwas verfärbt. Das Brot schmeckt ihm immer besser. Er beißt noch einmal hinein. Dann gibt er Milch und Zucker in seinen Kaffee und rührt um.

„Da bin ich mal gespannt, was wir heute sehen werden."

„Mit etwas Glück Schreiadler und Schelladler", sagt Mateusz.

Philipp hat nicht nur ein Wörterbuch dabei, sondern auch noch ein Vogelbestimmungsbuch. In dem schlägt er nach. „Orlik krzykliwy, Orlik grubodzioby", trägt er dann vor.

„Gut", sagt Mateusz und Johanna ergänzt: „Es war schwierig für Philipp, dieses Buch zu bekommen. Ein altes Buch, aber in dem sind die Vogelnamen in den verschiedensten Sprachen aufgeführt."

„Englisch, Russisch, Tschechisch, Finnisch, Polnisch und Ungarisch", ergänzt Philipp nicht ohne Stolz.

„Aber sehen muss man die Vögel noch selbst", sagt Roxi. Eine Pause tritt ein.

„Schreiadler und Schelladler sind schwer zu unterscheiden", sagt jetzt Mateusz. Er will das Gespräch wohl entschärfen. „Der Schelladler ist dunkler. Und beim Schreiadler sind die Vorderflügel heller als die Hinterflügel."

„Darauf können wir ja heute Abend ein Bier trinken", sagt Roxi. Er beißt noch einmal in sein Brot. „Lecker", sagt er zu Bronja. Dann wendet er sich an Hubert: „Sag mal, Hubert, findest du es nicht schade, dass alle die großen polnischen Biersorten von ausländischen Konzernen aufgekauft worden sind? Du scheinst ja etwas davon zu verstehen."

Hubert guckt etwas mürrisch, doch Astrid, seine Frau, mischt sich ein. „Kinder, zum Frühstück schon über Bier zu reden, das ist gar nicht mein Ding. Freuen wir uns schon einmal auf die beiden Adlerarten. Mateusz, was können wir noch erwarten? Was ist das für ein Gebiet?" Und Mateusz fängt an, vom Gebiet und von den potenziellen Vogelarten zu erzählen.

Roxi verzehrt noch eine Scheibe Brot, trinkt eine weitere Tasse Kaffee dazu und als er aufsteht, um seine Sachen für die Exkursion zu holen, kommt er zu dem Schluss, dass dieses Frühstück nicht schlecht war, wirklich nicht schlecht. Gut, Astrid hatte noch keinen getunkt bekommen, aber das ließe sich sicherlich nachholen.

Roxi und Silvia gehen am Ende der Gruppe. Sie haben den alten Kleinbus an einem Feldweg abgestellt und gehen ins Gebiet. „Fünfzehn Minuten", hat Mateusz gesagt, „nicht weit."

Vor Roxi und Silvia gehen Philipp und Johanna. Roxi hört einige Wortfetzen. „Da muss ich doch noch einmal den Wolfgang fragen, der ist ja Spezialist ... Ich tippe auf einen erfolglosen Narzissten", sagt Philipp.

„Ich weiß nicht ..." Das ist Johannas Stimme. „Ich weiß nicht ... Du denkst an eine Achse-zwei-Störung, könntest es nicht auch eine Achse-eins-Störung sein ...? Diese große Empathie gegen sich selbst, null Empathie gegen andere ...?"

Roxi fragt sich, über was die beiden sich unterhalten, aber mehr kann er nicht hören. Silvia spricht ihn an. „Zufrieden, Roxi?"

„Sehr", sagt Roxi.

„Hm", meint Silvia.

Roxi versucht es auf die weiche Art. „Sag mal, Silvia, geht es dir nicht auch manchmal auf den Geist, wenn Philipp wieder sein Klugscheißer-Vogelbuch herausholt und wirklich jede Art auf Russisch, Chinesisch, Rätoromanisch und so weiter benennen will?"

„Hm", meint Silvia, „aber übertreibe es bitte nicht. Das heute Morgen hättest du auch dezenter artikulieren können."

„Dezenter", sagt Roxi und nimmt Silvias Hand, „wie gut du doch formulieren kannst."

Sie haben das Gebiet erreicht. Ein wenig matschig ist es hier, Fußabdrücke überall, wahrscheinlich sind sie nicht die erste und auch nicht die letzte Gruppe, die hierhergekommen ist. Roxi ist froh, dass er seine hohen Wanderschuhe angezogen hat, Mateusz hatte zwar Gummistiefel angeboten, aber das hatte Roxi abgelehnt, weil er es übertrieben fand. Außerdem wollte er sich keinen Fußpilz in irgendwelchen abgelatschten schweißtriefenden Fußbekleidungen holen. Sie betrachten den Himmel, sie scannen ihn mit ihren Spektiven, aber: „Nie Schreiadler, nie Schelladler", seufzt Mateusz. „Schreiadler Geld, Schelladler Geld", sagt Hubert.

„Was meinst du damit?", fragt Johanna.

„So nennt man es an der Börse", sagt Hubert, „Nachfrage ist vorhanden, aber kein Angebot."

„Redet nicht über das, was nicht da ist", sagt Astrid und blickt in ihr Spektiv. „Da, seht mal, Rotschenkel ohne Ende."

„Rotschenkel Brief", sagt Hubert, „Angebot vorhanden, aber keine Nachfrage."

„Brief rationiert", sagt Astrid und blickt weiter in ihr Spektiv. „Das heißt Angebot vorhanden, aber die Nachfrage ist begrenzt. Ich jedenfalls nehme dieses Angebot wahr." Dann hebt sie ihren Kopf vom Spektiv. „So, Hubert, und anstelle der Börsenausdrücke guckst du dir jetzt auch die Rotschenkel an."

„Ja, natürlich." Hubert beeilt sich, in Astrids Spektiv zu schauen.

„Ich sag es ja, dumme Sprüche Brief." Roxi findet die Szene sehr erbaulich.

„So habe ich es weder gesagt noch gemeint", zischt Astrid ihn an.

„Da oben", stammelt Philipp, „da, da, da."

Alle blicken nach oben. In einem ergrünenden Baum ein kleiner Vogel, schlecht zu sehen hinter den Zweigen und Blätterspitzen. Roxi nimmt sein Glas. Ein kleiner, lebhafter grüner Vogel. Schlägt er den Schwanz manchmal nach unten? Roxi kann es nicht genau erkennen. Dann ertönt der Gesang des kleinen Vogels. Roxi hat ihn noch nie gehört. Selbst Mateusz Gesicht wirkt ratlos. Kennt er den Vogel nicht oder fehlt ihm der deutsche Name?

Philipp wird eifrig. „Hört ihr ihn, hört ihn? Das ist er."
Der Vogel singt noch einmal.
„Da hört ihr es. Dreiteiliger Aufbau und laut wie beim Zaunkönig, aber doch ganz anders. Und explosiv. Hört ihr, explosiv."
Philipp wirkt manisch. Er lässt seinen Rucksack auf die matschige Wiese fallen und wühlt darin. Roxi sieht, wie er sein Klugscheißer-Vogelbuch herausholt und darin blättert. Da ist er, Mateusz, da ist er." Philipp liest vor. „Swistunka zielonawa."
„Ja natürlich. Bin nicht sofort darauf gekommen." Mateusz strahlt. „Ganz selten hier."
Die beiden Männer fassen sich an den Schultern und hüpfen wie Kleinkinder im Kreis herum. „Swistunka zielonawa."

„Könnte mir mal jemand was erklären?" Silvia bemüht sich um die Sachebene.
„Der Tanz der Kraniche. Sie beten den kleinen grünen Vogel an", kommentiert Roxi.
„Halt einfach die Klappe, Roxi", ruft Silvia.
„Ich nehme an, Philipp hat den Vogel als Grünlaubsänger angesprochen", sagt jetzt Johanna. „Philipp, es ist doch der Grünlaubsänger?"
„Ja natürlich." Philipp kommt langsam wieder zu Atem. „Magnifique, Johanna, wirklich magnifique." Philipp strahlt übers ganze Gesicht, Mateusz auch.
„Wie sicher ist diese Diagnose?", will Roxi wissen.
„Roxi", ermahnt Silvia.
„Ganz sicher", sagt Johanna, „hundertprozentig sicher."
„Also schon oft gesehen und gehört." Roxi will es wirklich wissen.
„Nein, in der Natur noch gar nicht", sagt Johanna. „Aber wir wussten, dass wir hier die Chance auf den Grünlaubsänger

haben könnten. Da haben wir uns eingearbeitet. Den Grünlaubsänger kann man morphologisch eigentlich gar nicht bestimmen, es ist ein kleiner, grüner Laubsänger, der einen hellen Überaugenstreif wie der Wanderlaubsänger hat und den Schwanz wie ein Zilpzalp herunterschlägt. Aber der Gesang, den gibt es sonst nicht. Das habt ihr ja an Philipps Reaktion gemerkt."

„Upps", meint Roxi und grinst innerlich. „Darf ich Restzweifel anmelden?"

„Grünlaubsänger", sagt jetzt Mateusz, „hundert Prozent."

„Kannst du Englisch?", fragt Johanna in Roxis Richtung.

„Sicher", sagt Roxi, „das übliche Schul-Englisch. Aber was soll diese Frage?"

„Warst du schon einmal in England?", fragt Johanna weiter.

„Nein", antwortet Roxi, „muss ich das, um Englisch zu können?"

„Nein", sagt Johanna, „das ist es eben. Man kann viele Sachverhalte aus Büchern oder im Unterricht lernen. Und in der Ornithologie gibt es unzählige Bestimmungsbücher und viele Tonträger mit Vogelstimmen. Was meinst du, wie oft Philipp den Ruf und den Gesang des Grünlaubsängers gehört und analysiert hat? Er hat mir das auch zu erklären versucht, auch die Clues, die Schlüssel zum Verständnis, aber er hat nun einmal das bessere Gehör."

„Schon gut", sagt Roxi, „also Grünlaubsänger." Er lässt den Blick schweifen, so ganz befriedigend ist das Gespräch für ihn nicht gelaufen. Da sieht er in der Entfernung einen größeren Vogel am Himmel kreisen. Roxi hebt den Arm und zeigt mit dem Zeigefinger auf diesen Vogel. „Da vorne."

Spektive und Ferngläser werden in Position gebracht.

Sie sitzen am runden Tisch. Bronja hat den Tisch nach dem Abendessen abgeräumt. Silvia hat, wie sie es gewohnt ist, mithelfen wollen, aber Philipp hat ihr seine Hand auf den Arm gelegt. „Weißt du nicht, was ich dir vorgestern erklärt habe?" „Ja natürlich." Silvia hat genickt und ist sitzengeblieben.

„In Polen ist es für den Gast unmöglich, mitzuhelfen", hatte Philipp vor zwei Tagen mit gedämpfter Stimme erklärt, denn Bronja und Mateusz waren in der anliegenden Küche. „Das geht gar nicht. Das wird von den Gastgebern als grobe Unhöflichkeit empfunden."

„Jetzt wird mir einiges klar", hatte Astrid gesagt. „Wir hatten mal eine polnische Austauschschülerin – na ja, es ist lange her, unsere Kinder sind längst aus dem Haus – und die hat immer nur dagesessen und zugeschaut, wie wir den Tisch abgeräumt haben, und wir fanden es empörend."

„Woher hast du deine Erkenntnisse?", hatte Roxi gefragt.

„Aus Büchern", hatte Philipp geantwortet. „Es gibt ein gutes Brevier für Unternehmer, die in Polen Geschäfte machen wollen. ‚Knigge für deutsche Unternehmer in Polen' heißt es. Da steht manches drin, was man sich merken sollte. Krzystof Wojciechowski heißt der Autor, Philosoph und Soziologe, wenn ich mich nicht irre."

„Du irrst dich nicht", hatte Johanna sekundiert.

Philipp hatte dann eine Pause gemacht und Roxi angesehen. „Die Polen gucken sich übrigens genau an, ob der potenzielle Geschäftspartner ein Mensch ist, mit dem man überhaupt Geschäfte machen kann. In den ersten Gesprächen geht es weniger um Zahlen als um die Familie und andere Kriterien wie die Persönlichkeit und den Charakter des Geschäftspartners."

Roxi hat den vorgestrigen Abend ausgeblendet. Das Essen ist abgeräumt und er sitzt am runden Tisch vor seinem Bier. Er überlegt, wem er noch einen tunken müsste. Astrid wäre noch offen, aber Mateusz ist wohl tabu. Das hat ihm Silvia unmissverständlich erklärt. Obwohl ...

Zum Essen hatte Mateusz Getränke verteilt, nach Wunsch Mineralwasser oder Bier aus Żywiec. Nur vor Roxi hat er eine kleine Flasche von einer anderen Sorte hingestellt. „Für dich, Roxi. Piwo lokalne, einheimisches Bier. Damit du nicht Bier trinken musst von großen internationalen Konzernen, die Arbeiter ausbeuten und Polen ausrauben." Und Mateusz hatte dazu mit den Augen gezwinkert. Er hatte wohl am Morgen mitbekommen, was Roxi zu Hubert gesagt hatte. Jetzt verteilt Mateusz eine weitere Lage Getränke. Roxi bekommt wieder nur ein kleines einheimisches Bier. „Toll, wie du heute den Schelladler entdeckt hast", sagt jetzt Astrid zu Roxi.
„Aber der kleine grüne Laubsänger war auch nicht von schlechten Eltern", gibt Roxi zurück. Er hebt seine Flasche und bemüht sich, höflich zu sein. Allein gegen alle geht nun einmal nicht. Er sieht, wie Silvia freundlich lächelt. Sie hebt gleichfalls ihre Flasche. „Eine schöne Reise", sagt sie, „und so soll es bleiben."
Mateusz klopft Roxi auf die Schulter. „Einen Wodka?", fragt er. „Wódka lokalna", ergänzt er und grinst.
„Wenn es geht, auch einen für mich", sagt Hubert.
„Aber nur einen", fügt Astrid hinzu.
„Nicht schlecht", sagt jetzt auch Philipp.
„Einen", sagt jetzt Johanna.
„Eine gute Idee", sagt Silvia.

Es ist Nachmittag, vielleicht zwei Stunden vor dem Dunkelwerden. Mateusz hat den Kleinbus in einer Wiese neben einem Feldweg geparkt. Er will die Gruppe zunächst zu einem Feuchtgebiet führen und dann, wenn es dunkel geworden ist, ein nahegelegenes Waldstück aufsuchen. Dort soll der Sperlingskauz zu hören sein. Erst einmal aber gehen alle zu dem Feuchtgebiet. Mateusz hat erklärt, dass dieses Gebiet sehr einsam liegt und nur von wenigen Ornithologen aufgesucht wird. Auf dem Weg erzählt er von Seeschwalben und Rallen. Roxi trottet hinterher. Er hört Wortfetzen, aber ihm ist nicht nach Unterhaltung. Was auch immer er tut oder sagt, wenn er jemanden auf die Schippe nehmen will, ständig wird er durch ein kollektives Nicht-Hören-Wollen oder durch ein Scherzwort ausgekontert. Es ist furchtbar, langsam gehen ihm die Ideen aus. Silvia lässt sich aus der Gruppe zurückfallen und wartet auf Roxi. Sie hält ihm die Hand entgegen. Roxi nimmt ihre Hand.

„Und?", fragt Silvia.

„Hm", meint Roxi. „Dann wollen wir mal zu den Seeschwalben."

„Sonst nichts?", fragt Silvia weiter.

„Eigentlich nicht", sagt Roxi.

Sie gehen Hand in Hand hinter der Gruppe her.

„Weißt du, Silvia", sagt Roxi nach einiger Zeit, „ich gebe mir ja Mühe und versuche, mich an der Konversation zu beteiligen, aber so langsam ermüde ich."

Silvia denkt nach. „Willst du damit sagen, dass deine destruktive Kreativität dich momentan verlassen hat?"

Roxi schüttelt mit dem Kopf. „Mensch, Silvia, ab und zu ein Scherzwort, das ist doch wirklich nichts Böses."

„Nein", sagt Silvia, „aber ab und zu kein Scherzwort ist auch nichts Böses. Immerhin, ich musste dich in der ganzen letzten Woche nur zweimal mit ,Roderich-Alexander Schmitz' anreden."

Roxi spürt die Wärme von Silvias Hand. Es stimmt schon. Wenn Silvia ihn mit Roderich-Alexander Schmitz anredet, dann ist es höchste Zeit, einen Gang herunterzuschalten. Die Wärme von Silvias Hand ist angenehm. Roxi muss aufpassen, dass er nicht sentimental wird. Sentimental ist nie gut, aber er hält Silvias Hand trotzdem weiter fest. Vorn gibt Mateusz ein Handzeichen. Die Beobachtungsstelle ist erreicht.

„Toll, alle drei Sumpfseeschwalben in einem einzigen Gebiet", sagt Johanna. „Die Trauerseeschwalbe können wir auch zu Hause sehen, aber Weißbart- und Weißflügelseeschwalbe nicht – ganz herrlich."
„Aber erst mal der Gesang der Wasserralle. Köpp-köpp-köpp-köpp-köpp." Philipp macht die Wasserralle nach. Es gelingt ihm, wie selbst Roxi innerlich zugeben muss, gar nicht schlecht. „Johanna, den Gesang der Wasserralle haben wir erst zum dritten Mal gehört. Einmal an der Eichenallee im Elbholz, einmal am Elbdeich bei Damnatz und jetzt hier. Mateusz, es war eine gute Idee, hierhin zu gehen."
„Freut mich." Mateusz verzieht das Gesicht zu einem Lächeln.
„Astrid, darf ich einen Vergleich mit der Börse machen?", fragt Hubert.
Astrid ist schon dabei, ihr Spektiv abzubauen. „Frag Roxi."
„Nur zu", sagt Roxi.
Hubert winkt ab. „Ach, muss ja nicht sein. Aber großes Kompliment an Mateusz, der hat Brief und Geld gut zusammengebracht."
Auch Mateusz winkt jetzt ab. „Gehört auch Glück dazu."
Roxi sieht, wie Philipp in seinem Rucksack wühlt, sein Klugscheißer-Vogelbuch hervorholt und darin blättert. „Und jetzt auf zum Sperlingskauz. Moment." Er trägt vor. „Sóweczka."
„Gut", sagt Mateusz.
In Roxi erwacht es. Das war das Schlüsselwort. In seinen Adern beginnt Adrenalin zu pulsieren. Er nimmt sein Fernglas und guckt ganz unverfänglich und nicht zielgerichtet flüchtig in die Runde. Dann setzt er sein Fernglas ab. „Da", ruft er und

zeigt mit dem Arm genau in die entgegengesetzte Richtung, in der die Gruppe gerade beobachtet hat.

„Wo?", hört Roxi.

„Na, da", sagt er und zeigt noch einmal in die Richtung. Und wie auf einen Befehl hin werden wieder Spektive aufgebaut und ausgerichtet beziehungsweise Ferngläser in Stellung gebracht. Auf Roxi wirkt es faszinierend, wie sich sechs Erwachsene durch ein so einfaches und unbestimmtes Wort wie „da" manipulieren lassen. Und wenn gleich die Frage kommen sollte, was denn da zu sehen sei, wird er „Orlik" (Adler) sagen. Orlik kann er ja, das hat er schon einmal bewiesen. Aber ein Orlik ist auch schnell wieder weg.

„Ei-ei-ei-ei-ei-ei", sagt jetzt Hubert, „da stinkt doch etwas ganz gewaltig zum Himmel."

„Was tun die da?", fragt Johanna.

„Nichts Gutes, fürchte ich", sagt Philipp. „Lass das Glas, schau einfach ins Spektiv."

„Die laden Kanister ab", sagt Johanna nach einem Blick ins Spektiv.

Mateusz hat eine ganz finstere Mine aufgesetzt und sein Handy herausgezogen. Er führt eine kurze, aufgeregte Unterhaltung. Die anderen verstehen nicht viel.

„Philipp, was für Wörter benutzt er immer wieder?", fragt Johanna.

„Idiota", antwortet Philipp.

„Das habe ich gut verstanden. Aber das andere."

„So ähnlich wie pschestempka."

„Schau doch mal nach, was das letzte Wort heißt", sagt Johanna.

„Bin schon dabei." Philipp taucht zu seinem Rucksack ab und tauscht Vogelbuch gegen Wörterbuch. „Moment, ja, hier ist es. Nein, doch nicht. Jetzt habe ich es. Das ‚e' mit dem Haken darunter wird vor einem ‚p' wie ‚em' gesprochen. Entschuldigung. Verbrecher heißt das."

Mateusz klappt sein Handy zu. Er schlägt Roxi auf die Schulter. „Gut, Roxi." Und zu den anderen: „Ich hoffe, wir haben sie jetzt. Heute Abend weiß ich mehr." Dann macht er mit den Händen eine Bewegung. „Basta. Ihr sollt gleich den Sperlingskauz hören. Dafür seid ihr hier. Nicht für andere Probleme."

Sie sind früher im Quartier zurück als erwartet. Der Sperlingskauz hat sich nicht bitten lassen. Er war einfach da und hat gesungen. Mateusz hat zwischendurch noch zweimal sein Handy benutzt, aber ganz leise. Nach dem letzten Telefonat hat er kurz den Daumen nach oben gestreckt. „Sie haben sie." Aber sonst ist er ganz professionell seinen Verpflichtungen als Reiseleiter und Ornithologe vor Ort nachgekommen. Jetzt sitzen sie am runden Tisch. Bronja hat Kartoffelauflauf gemacht, goldgelb mit Käse überbacken. Mateuz verteilt Getränke. „Roxi, für dich Bier? Welche Sorte?"

„Żywiec", sagt Roxi. „Żywiec dobrze."

„Gut", sagt auch Mateusz, lächelt und stellt Roxi eine Bierflasche hin. „Aber jetzt erst essen und dann erzählen. Bronja hat sich viel Mühe gemacht. Nach dem Essen werde ich berichten."

Als abgeräumt ist, erzählt Mateusz, dass sie anfangs hin und wieder im Nationalpark Kanister gefunden hätten. Was denn da drin gewesen sei, fragt Hubert. Mateusz sucht nach dem richtigen Wort. „Odpadów specjalnych", sagt er dann auf polnisch.

Philipp sieht im Wörterbuch nach: „Spezialmüll."

„Heute konnte die Polizei die Verbrecher ergreifen", erklärt Mateusz. „Wir hoffen, dass es dann vorbei ist, denn es wurden immer mehr Kanister und heute waren es mehr als zwanzig. Wir, die Naturschützer, und die Umweltbehörden hatten einen Verdacht, und der wurde heute bewiesen." Mateusz zeigt auf Roxi. „Roxi hat diese Verbrecher als Erster gesehen und darauf aufmerksam gemacht. Vielen Dank dafür. Einen Wodka?"

Roxi schüttelt den Kopf. „Philipp, was heißt zwei Wodka?"

„Dwie wódki", sagt der. „Auf dem o ist ein Strich wie auf einem Accent aigu im Französischen. Deswegen musst du ein ‚u' sprechen."

„Dwie wudki", sagt jetzt Roxi und fügt „prosze" hinzu. Alle klatschen und lachen und Mateusz schenkt Roxi erst den ersten, dann den zweiten Wodka ein.

Astrid sagt etwas. „Roxi, wie du das hingekriegt hast, nur mit einem Fernglas und einem Rundumblick diese Verbrecher aufzuspüren, das verdient ganz große Anerkennung. Phänomenal, fantastisch." Schwingt da ein Unterton mit?

„Na ja", sagt Roxi, „ein bisschen Übung gehört schon dazu."

Dann sieht er, wie Silvias Augen auf ihm ruhen. Ist ihr Blick schmachtend, zärtlich oder liebevoll? Wahrscheinlich alles. Es wäre schön, sich gleich mit Silvia zurückziehen zu können.

Roxi hebt sein Glas. „Ich bin mir sicher, jeder von euch hätte diese Verbrecher gesehen. Ich war nur zufällig der Erste."

Dienstag

Dienstag, 9. April

Die Tische vor der Eisdiele waren sämtlich besetzt. Sie lagen zwar im Schatten, in einer Ecke zwischen zwei Häuserblocks, aber draußen war es warm, für diese Jahreszeit zu mild, wie es in der Wettervorhersage hieß. Wer sollte es all diesen Menschen verdenken, wenn sie draußen saßen und ein Eis zu sich nahmen? Martin zog die Schultern hoch. Ein wenig unzufrieden war er schon, er hatte sich das anders vorgestellt: In aller Ruhe hier in dieser Eisdiele ein Eis essen und einen Kaffee trinken. Und genau das an einem Einzeltisch, der im Freien gelegen war. In aller Ruhe eine halbe Stunde entspannen und durchpusten. Aber wie relativ war doch der Begriff Ruhe! Von der Eisdiele konnte man – bekam man überhaupt einen Platz im Freien – auf eine recht belebte Kreuzung blicken. Eine Straßenbahnspur bog hier im rechten Winkel ab, die Waggons zweier Linien wanden sich quietschend um die Kurve, um dann wenig später vor einer Haltestelle nicht minder geräuschvoll abzubremsen. Zwei Zugpaare in zehn Minuten. Martin überschlug im Kopf. Das bedeutete, dass hier alle zweieinhalb Minuten ein Straßenbahnzug vorbeikam, nicht gerade wenig. Wenn man „ruhig" in Dezibel fasste, dann war es hier sicherlich nicht ruhig. Es war eine andere Ruhe, eine Ruhe, die es gestattete, ganz gemächlich in einer Kaffeetasse zu rühren, ab und zu einen Löffel Eis zu sich zu nehmen und der ganzen anonymen Betriebsamkeit, die von dieser Kreuzung ausging, völlig unbeteiligt zuzusehen.

„La Mandorla" hieß diese Eisdiele, eigentlich ein komischer Name für solch einen Betrieb. Die Mandel, hatte das mit Eis zu tun? Martin war schon ein paarmal dagewesen, war es heute das vierte oder das fünfte Mal? Rein zufällig war er hier vorbeigekommen, auf der Suche nach einer etwas anderen Mittagspause ohne Gequatsche in der Kantine und ohne die obligatorischen Bratengerüche in einer solchen Einrichtung. Martin verdrängte die Frage und ging nach innen. Er würde seine Bestellung aufgeben wollen, aber die Bedienung würde ihm zuvorkommen, ihn anlächeln und fragen: „Wie immer, einmal Zitrone, einmal Erdbeere und einen Kaffee, keinen Espresso?" Was hieß denn Bedienung? Die Frau, mittelalt, blond gefärbte Haare, am Scheitel etwas dunkler nachwachsend, und der Eismacher, der Mann, der die schweren Wannen mit Eis von einem entfernten Raum zur Kühltheke schleppte, schienen verheiratet zu sein. Sie zumindest trug einen goldenen Ring am rechten Ringfinger.

Martin trat in das Innere der Eisdiele. Ein Eis und einen Kaffee an einem Tisch konnte er sich abschminken: Alle Tische waren besetzt. Unsicher ging er auf die Kühltheke zu, hinter dem die blond gefärbte Frau, die „Bedienung", geschäftig hantierte und zu ihm „Buon giorno" sagte.
„Eigentlich", sagte Martin, „wollte ich ein Eis essen und dazu einen Kaffee trinken, aber alles ist besetzt, draußen und auch drinnen. Ich denke, dann nehme ich ein Hörnchen mit."
„Ich werde fragen." Die blond gefärbte Frau verließ ihren Platz, verschwand im Raum und kam bald danach zurück.
„Tisch 2." Sie wies nach hinten in den Raum. „Sie können sich dazusetzen, kein Problem. Was darf ich bringen? Wie immer?"
„Ja", sagte Martin, „wie immer." Er versuchte ein Lächeln und vermied es, die Bestellung noch einmal zu präzisieren. „Ich suche mir dann mal Tisch 2."

Dienstag, 16. April

Martin klappte seinen Laptop zu. Den Vormittag hatte er geschafft. Es war nie schön, sich durch elend lange Excel-Tabellen hindurchfressen zu müssen, aber der Dienstag war nun einmal Martins Büro-Tag. Außenprüfungen vor Ort waren immer angenehmer. Natürlich waren dabei auch viele Akten zu sichten, aber im Ganzen war eine solche Arbeit viel abwechslungsreicher und fordernder als eine reine Bürotätigkeit. Gegen die Kollegen im Büro konnte man im Grunde nicht viel sagen, alle waren nett und hilfsbereit. Nur in der Kantine – diese endlosen Gespräche über immer dasselbe, dieses fortwährende Im-eigenen-Saft-Kochen, das hatte Martin zunehmend genervt. Vielleicht war es auch nur ein Gefühl und gar nicht objektivierbar. „Ich muss mittags an die frische Luft", hatte er seinen Kollegen erklärt, „ein kleiner Marsch um den Block wirkt Wunder gegen den Blutdruck." Diesen Satz hatte er seinem behandelnden Arzt in den Mund gelegt. Das war natürlich Quatsch, er brauchte gar keinen Arzt. Seine Kollegen brauchte er schon, na ja, nicht immer, eigentlich kam er auch allein mit seiner Arbeit gut zurecht, aber es war auf keinen Fall angeraten, sie zu kränken. Martin freute sich auf die Eisdiele, die wirklich nur einige Schritte entfernt von seinem Büro lag. Paradox, dass er dort in einer knappen halben Stunde innere Ruhe tanken konnte, während davor die Betriebsamkeit einer belebten Kreuzung herrschte. Er zog seine Jacke über, draußen war es zwar warm, aber mit Jacke sah man einfach angezogener aus.

Die Eisdiele war nicht so gut besucht wie in den Vorwochen, Martin konnte draußen einen Tisch für sich ergattern. Vielleicht lag es auch daran, dass er seine Mittagspause eine halbe Stunde eher als sonst angetreten hatte. Möglicherweise hatte ihn der Vorgang, den er zurzeit bearbeitete, auch mehr in Anspruch genommen als gewohnt, vielleicht war er im Lauf der Zeit auch einfach nur urlaubsreif geworden. Martin gab Zucker und Kaffeesahne in seinen Kaffee, rührte um und trank einen ersten Schluck. Dann fing er mit dem Zitroneneis an. Das Eis war gut wie immer. Das Erdbeereis wollte er im Anschluss an den Kaffee essen.

Die junge Frau, an deren Tisch er vor einer Woche gesessen hatte, gesetzt worden war, sich hatte setzen dürfen – wie sollte man das nennen? – kam aus der Eisdiele heraus. Sie sah Martin, hob die Hand und winkte ihm zu, kurz, aber nicht unfreundlich. Martin hob seine Hand, bemühte sich, ein Lächeln zu produzieren, und sah zu, wie die junge Frau um die Ecke verschwand. Merkwürdig war es vor einer Woche gewesen: Er, Martin, mit dieser jungen Frau an einem Tisch.
„Vielen Dank, dass ich mich zu Ihnen setzen durfte", hatte er gesagt.
„Kein Problem."
„Das Eis hier ist wirklich gut", hatte er gesagt.
„Ja, sehr."
„Ich nehme immer Zitrone und Erdbeere, das mache ich immer so, dann kann ich testen, wo wirklich gutes Eis gemacht wird", hatte Martin hinzugefügt.
„Ich probiere mich einfach durch die Speisekarte." Die junge Frau hatte gelacht. Sie war nicht superdünn, aber konnte es sich offensichtlich erlauben, eine Riesenportion von Spaghetti-Eis mit Schokolade und eine große Tasse Cappuccino ungestraft zu sich zu nehmen.
„Dann wünsche ich guten Appetit", hatte Martin gesagt.
„Danke." Die junge Frau hatte sich weiter an dem Spaghetti-Eis zu schaffen gemacht und ab und zu aus der Cappuccino-

Tasse getrunken. Martin hatte im Folgenden geschwiegen. Konversation war seine Stärke nicht. Erst als das Bezahlen anstand, hatte er noch einmal das Wort an die junge Frau gerichtet: „Vielen Dank noch mal."

„Ja, gern." Die junge Frau hatte ihn gemustert, aber dann weiter nichts gesagt. Was mochte sie über ihn gedacht haben?

Martin versuchte, wieder ins Berufsleben einzutauchen. Das hieß für den Nachmittag, sich weiter mit Excel-Tabellen zu befassen. Spannender waren Fragen wie die, die er vor kurzem zu bearbeiten hatte. Harmloser, aber hirnloser Klein-unternehmer, der mit dem Vorsteuerabzug nicht klarkam, oder raffinierter Profi, der seine Rolle perfekt spielen konnte? Ein Jammer war nur, dass man solche Fälle nicht selten an die Fahndung abgeben musste. Martin winkte der Bedienung. „Bitte zahlen." Was hieß Bedienung? Die Frau war doch hier die Chefin! Er beschloss, neu zu titulieren.

„Zwei Kugeln, ein Kaffee. Dreiachtzig."
Martin legte zwei Zwei-Euro-Stücke auf den Tisch. „Danke."
Wie hätte es Randolf gemacht? Randolf, ein wirklich treuer Freund, aber manchmal in seinem Verhalten einfach nur zum Kotzen. Vier Euro hätte er gegeben, sich zwanzig Cent herausgeben lassen und dann dieses Zwanzig-Cent-Stück der Bedienung gönnerhaft zurücküberreicht als noble Geste edelster Gesinnung.
„Danke auch." Die Chefin steckte die beiden Münzen in ihr voluminöses Portemonnaie.
„Ich fand es nett, dass Sie mir letzte Woche einen Sitzplatz organisiert haben", sagte Martin.
„Ist in Ordnung, habe ich gerne gemacht. Die junge Frau ist sehr freundlich. Sie kommt öfter her. Sie arbeitet da drüben."
Die Chefin der Eisdiele wies auf einen der citynahen

Bürotürme, einen Rundturm mit einem Hubschrauber-Landeplatz auf der obersten Plattform. „Wo arbeiten Sie?"
„Da vorne." Martin zeigte in die Richtung, in der sein Büro lag. „Im Büro." Mehr wollte er nicht sagen, schon gar nicht „beim Finanzamt, bei der Außenprüfung". Wenn man seinen Beruf preisgab, war man schon unbeliebt, verpönt, womöglich ein Denunziant. Auch die Bezeichnung „Finanzwirt bei der Behörde" kam nicht immer gut an.

Dienstag, 23. April

Regen prasselte an die Fensterscheiben des Büros. Martin klappte kopfschüttelnd seinen Laptop zu. Wie dumm manche Menschen doch waren! Ein Urologe hatte sich in seinem Privathaus ein Schwimmbad einbauen lassen. Warum nicht? Das war sein gutes Recht. Sollte er mit seinem Geld machen, was er wollte. Aber die Kosten für das Schwimmbad als berufliche Ausgabe einzusetzen, das ging nun wirklich nicht. „Trainingsgruppen für Inkontinenzpatienten" – gab es so etwas? Und wenn ja, wie widerlich! Wie viel Chlor müsste man in ein Schwimmbad für Inkontinenzpatienten kippen? Eigentlich war der Fall zum Lachen, nur für den Urologen nicht. Dem drohte jetzt ein Strafverfahren.

Martin nahm die Regenjacke vom Kleiderhaken und zog sie an. Es wäre gut gewesen, über diese hinaus noch einen Schirm mitgebracht zu haben, aber hinterher war man immer schlauer. „Geh mal aus dir raus", hatte Randolf zum Abschied gesagt und ihm auf die Schulter geklopft, „lerne zu flirten. Du hast es doch eigentlich drauf." Mit Randolf hatte er sich am Samstag in einer Kneipe getroffen. Nach ein paar Pils hatte Randolf gefragt: „Und, Martin, was machen die Frauen?"
„Ich bin dabei, jemanden kennenzulernen", hatte Martin geantwortet. „Besser gesagt, ich versuche es."
„Das hört sich wenig konkret an", hatte Randolf geantwortet. „Was willst Du damit sagen? Hast Du sie schon flachgelegt oder nicht?" Randolfs Wortwahl konnte manchmal abscheulich sein.
„Ich bitte dich", hatte Martin gesagt und sich aus seinem Bierglas bedient, „rede nicht so ein Blech."

„Noch zwei Pils", hatte Randolf der vorbeikommenden Bedienung zugerufen, dann, zu Martin gewandt: „Du weißt, so war es nicht gemeint. Sagen wir mal so: Du machst es unglaublich kompliziert."

„Ich will einfach nicht auf die Schnauze fallen und mir einen Korb holen", hatte Martin gesagt.

„Einen Korb kannst du dir erst holen, wenn du jemanden angesprochen hast. Hat diese Frau denn einen Namen?"

„Ich weiß ihn noch nicht."

„Oh." Randolf hatte sich zurückgelehnt und so lange geschwiegen, bis die Bedienung die frisch gefüllten Pilsgläser vor den beiden abgestellt hatte. „Prost, Martin."

„Prost, Randolf."

„Martin, warum bist du so kompliziert?", hatte Randolf gefragt. „Du stehst doch sonst mit beiden Beinen im Leben. Warum traust du dir bei Frauen nichts zu? Denk mal an die Party von Lucia letztes Jahr. Ein gewisser Martin kommt dazu, stellt sich an die Wand und nimmt die Farbe der Tapete an. Und dann? ‚Ich habe kein Glück mit Frauen', höre ich dann von dir oder: ‚Ich scheine nicht sonderlich attraktiv zu sein.' Ja, wie soll das denn funktionieren, wenn ein gewisser Martin wie ein Hohepriester mit selbsterfüllenden Prophezeiungen auftritt?"

„Ja ja", hatte Martin gebrummt. „Jeder ist eben anders."

„Nein nein nein!" Randolf war laut geworden und hatte so hart auf den Tisch gehauen, dass die Gäste von den Nachbartischen aufmerksam wurden: „Nein, so geht das nicht." Dann, wieder leiser: „Du kannst daran arbeiten. Wie sollst du mit einer Situation umgehen, wenn du damit überhaupt keine Erfahrungen hast? Mensch, Martin, trainiere. Stell Dich vor den Spiegel und simuliere ein Gespräch."

Sie hatten relativ viel getrunken, waren aber mit Mettbrötchen und hausgemachten Frikadellen als Unterlage im Kopf klar geblieben.

Ein komisches Gespräch, kam Martin in den Sinn. Der sonst so lockere Randolf schien um ihn sichtlich besorgt gewesen zu sein, sonst wäre er nicht so engagiert aufgetreten. Martin ging zur Bürotür und öffnete sie. Mal sehen, was ihn in der Eisdiele „La Mandorla" erwartete.

„Buon giorno", begrüßte ihn die Chefin der gut gefüllten Eisdiele, die hinter der Kühltheke stand.

„Buon giorno", antwortete Martin.

„Wie immer?"

„Meinen Sie, es ist noch ein Sitzplatz frei? Wenn ja, wie immer."

„An Tisch 3 dürfte noch etwas frei sein", sagte die Chefin. „Aber fragen müssen sie selber."

„Werde ich machen", sagte Martin. „Vielen Dank." Er drehte sich um. Wo war Tisch 3? Wahrscheinlich neben Tisch 2.

„Dürfte ich mich dazu setzen?" Martin stand vor Tisch 3, an dem die junge Frau saß, deren Namen er noch nicht kannte, einen Erdbeerbecher und eine Tasse Cappuccino vor sich.

„Ja, gern." Die junge Frau lächelte freundlich.

Die schwarzen Haare der Frau und die kleine Hornbrille, die auf ihrer Nase saß, hatte Martin noch gar nicht registriert; bisher hätte er, wäre er gefragt worden, dieses Gesicht nur als nett bezeichnen können.

„Dann sollten sie sich aber auch setzen", hörte er.

Hatte er im Stehen geträumt? „Ja natürlich, Entschuldigung. Ich war wohl noch in Gedanken." Martin setzte sich an Tisch 3. Zusammenreißen, bloß jetzt nicht den Trottel mimen! „Ich bearbeite gerade eine komplizierte Materie", erklärte er.

„So etwas kann ganz schön Gedanken binden." Die junge Frau nahm einen Löffel aus ihrem Erdbeerbecher.

„Ihr Kaffee und das Eis." Die Chefin der Eisdiele lud ein Tablett auf Tisch 3 ab. „Guten Appetit."

„Danke", sagte Martin und, zu der jungen Frau mit den schwarzen Haaren gewandt: „Da tut ein leckeres Eis zum Entspannen gut."

„Das verstehe ich sehr gut", sagte die junge Frau.

„Ich finde es hier in dieser Eisdiele entspannender als in einer Kantine", sagte Martin. Redete er zu viel?

„Das verstehe ich sehr gut", wiederholte sich die junge Frau.

„Ich heiße übrigens Britta."

„Martin. Und vielen Dank nochmals, dass ich mich zu ihnen setzen durfte."

„Kein Problem." Britta legte ihren Löffel auf den Teller und beugte sich vor. „Du brauchst nicht so förmlich zu sein. Du kannst mich ruhig mit du anreden. Das mache ich mit allen meinen Arbeitskolleginnen und -kollegen auch so und du wahrscheinlich auch."

„Ja natürlich", sagte Martin. Britta hatte eine gute Art, über seine Verlegenheit hinwegzugehen.

Beide hatten ihr Eis verzehrt, die Tassen geleert und bezahlt.

„Und jetzt?" fragte Britta.

„Ehrlich gesagt, ich weiß es nicht." Martin war auf diese Frage nicht vorbereitet.

„Dann sagen wir einfach, den nächsten Dienstag um halb 1." Britta lächelte und stand auf.

„Nächsten Dienstag um halb 1." Martin stand gleichfalls auf.

„Ich freue mich darauf." Fast hätte es feierlich geklungen.

Dienstag, 30. April

Martin ging zurück ins Büro. Schön war es gewesen. Britta war schon dagewesen. Erst hatte er draußen nach ihr Ausschau gehalten, aber sie hatte sich nach drinnen gesetzt, schon einen Bananenbecher vor sich.

„Tisch 3, hier kann am besten plaudern, draußen stehen die Tische so eng beieinander."

„Sprichst du für dich?" hatte er gefragt.

„Ich dachte, hier wäre es besser."

„Ja natürlich, Danke."

Sie hatten gelacht, als Martin von seinem Urlaub in Mallorca erzählt hatte und von dem Missgeschick, das ihm passiert war: Als er seine Spanisch-Kenntnisse hatte anbringen wollen, war er von einem wütenden mallorquinischen Bodega-Besitzer beinahe vor die Tür gesetzt worden.

Britta hatte von sich erzählt, ein wenig von der Arbeit, ein wenig vom Urlaub, aber immer zurückhaltend und diskret. Als er sich, anfangs noch nervös, verhaspelt hatte, war sie eingesprungen und hatte die Situation entpeinlicht. Ja, er hatte ihr sogar gestanden, dass er Finanzbeamter wäre.

„Ja und?", hatte sie gesagt, „das ist doch ein ehrenwerter Beruf."

Martin überquerte die Straße. „Wie immer", hatte er gesagt, als er an diesem Tag seine Bestellung für Eis und Kaffee aufgegeben hatte, aber diese Mittagspause war wirklich nicht wie immer gewesen.

Dienstag, 7. Mai

Martin betrat „La Mandorla". Es war kühl geworden und nicht angenehm, draußen zu sitzen. Ob Britta schon da war? Er schaute sich im Inneren der Eisdiele um, aber konnte sie nicht entdecken. „Buon giorno", hörte er. Die Chefin der Eisdiele kam, ein Tablett in der Hand, auf Martin zu. „Die Signora hat angerufen, sie kann nicht kommen. Sie hat mich gebeten, Ihnen das auszurichten. Sie hat die Grippe, kann kaum sprechen und hat Fieber."

„Das ist aber schade", platzte es spontan aus Martin heraus. „Es tut mir leid", verbesserte er sich sofort. „Aber vielen Dank für die Nachricht."

„Tut mir leid." Die Chefin der Eisdiele setzte das Tablett auf der Kühltheke ab. „Aber sagen sie, haben sie denn nicht die Handy-Nummer der Signora?"

„Nein, leider nicht." Martin schüttelte den Kopf.

Die blond gefärbte Frau zog kurz die Augenbrauen hoch. „Schade." Dann fragte sie: „Wie immer?"

„Seien Sie mir bitte nicht böse", sagte Martin, „aber ich habe überhaupt keinen Appetit."

„Das verstehe ich. Geben sie mir Ihre Handy-Nummer? Vielleicht bringe ich zwei Handys zusammen."

„Das wäre schön." Martin begann, die Zahlenfolge seiner Handy-Nummer zu diktieren.

Dienstag, 14. Mai

Sie standen vor der Tür von „La Mandorla". Die Mittagspause ging für jeden zu Ende. Britta hatte sich, noch leicht vergrippt, zurückgemeldet und sie hatten ihre Handynummern ausgetauscht. Britta hatte Martins Zitronen- und Erdbeereis probiert, aber es hatte ihr nicht geschmeckt. „Zu gesund", hatte sie gesagt und dabei gelacht. Dann hatte sie sich eine Waffel mit heißen Kirschen und Sahne bestellt. Martins Blick ging nach gegenüber auf die andere Straßenseite: ein Fotoladen, eine Bäckerei, daneben ein indisches Restaurant. Er hatte eine Idee. „Isst du gerne Indisch?"
„Ich habe noch nie Indisch gegessen."
„Würdest du es gerne einmal probieren? Ich gebe zu, ich war auch noch nie Indisch essen."
Britta schwieg eine kurze Weile. „Warum nicht?"
„Wohnst du weit?" fragte Martin.
„Warum fragst du?"
„Ich könnte dich heute Abend in das indische Restaurant da vorne zum Essen einladen, wenn es für dich nicht zu umständlich ist."
„Lass uns doch einfach mal über die Straße gehen und die Speisekarte anschauen", schlug Britta vor.
„Eine gute Idee", sagte Martin.

Sie überquerten die Straße, gingen zu dem indischen Restaurant und betrachteten die Speisekarte, die neben der Eingangstür ausgehängt war.
„Da steht es", sagte Britta, „Platzreservierung nötig."
„Ich wollte dir nichts vorschlagen, was dir nicht gefällt", sagte Martin. Irgendetwas war mit Britta auf einmal anders.

„Verabreden wir uns doch einfach auf eine Mittagspause in der Eisdiele."

„Ich glaube, ich bin dir eine Erklärung schuldig", sagte Britta unvermittelt und sah Martin an. „Ich habe gerade einfach Angst bekommen, Angst vor der eigenen Courage, Angst vor der Vergangenheit."

„Habe ich etwas falsch gemacht?" fragte Martin.

„Nein, überhaupt nichts. Nichts hast du falsch gemacht, sogar alles richtig. Du bist so zurückhaltend, nicht so besitzergreifend wie andere Männer. Ich wohne jetzt notgedrungen wieder bei meinen Eltern – die Zeit davor, die erschien mir erst schön, aber allmählich wurde sie zur Hölle. Ich will keine Einzelheiten nennen, aber als du mir den Vorschlag für ein gemeinsames Abendessen gemacht hast, da kroch diese Angst wieder in mir hoch, mein Gott, es tut mir so leid." Britta fing an zu weinen, drückte sich an Martin und benetzte seine Jacke mit ihren Tränen.

Etwas hilflos strich Martin über Brittas Haar. „Ist ja gut, das kriegen wir doch alles hin."

„Nichts kriegen wir hin." Britta löste sich von Martin und ging auf die Fußgängerampel zu, die die beiden Straßenseiten verband, hier das indische Restaurant, dort die Eisdiele „La Mandorla".

Ein Motorengeräusch ertönte. Wahrscheinlich kam da so ein testosterongesteuerter Fahrer die Straße hoch. Martin sah zu, wie sich Britta bei Grün auf den Weg machte, um die Straße zu überqueren. Dann kam ein aufgemotzter Sportwagen viel zu schnell um die Ecke, fuhr auf Britta zu und versuchte zu bremsen. Das Auto erreichte Britta knapp. Britta wurde in eine Drehung versetzt, fiel um und schlug mit dem Kopf auf die Bordsteinkante. „Idioten!" Martin sprintete los. „Anfassen", kommandierte er den Fahrer des Sportwagens, der aus seinem

Auto ausgestiegen war. „Die Frau von der Straße runter. Nehmen Sie die Beine."

Sie trugen Britta auf den Gehweg vor der Eisdiele, der Fahrer die Beine, Martin die Arme haltend, und legten sie dort ab. Aus einer Wunde oberhalb der linken Augenbraue quoll Blut, stoßweise, spritzend, gefährlich. „Sitzkissen zum Unterlegen besorgen und Eins-eins-zwei anrufen", schrie Martin. „Schwingt die Hufe!" Sein Gehirn machte Überstunden. Ohne zu überlegen, legte er die flache Hand auf Brittas Wunde. Die Blutung schien durch diese Maßnahme gestoppt zu werden, aber Britta war bewusstlos und sehr blass. „Wo bleiben die Kissen?", schrie er.

„Kommen." Die Chefin von „La Mandorla" brachte Sitzkissen.

„Unterlegen", rief Martin. Die Wunde über der Augenbraue schien nicht mehr zu bluten. Martin legte Kissen unter.

„Rettungswagen kommt." Der Fahrer des Unfallwagens gab Meldung.

Verdammt. Jetzt spritzte wieder Blut aus der Wunde über der linken Augenbraue. Martin wechselte die Druck-Position – die Blutung stand. Ein Martinshorn ertönte, dann stand ein Rettungswagen vor der Eisdiele.

„Was ist passiert?", fragte einer der Rettungssanitäter.

„Unfall, die haben die Frau hier mit ihrem Auto einfach weggetickt." Martin drückte weiter auf die Wunde. „Diese Wunde hier blutet stark."

„Lassen Sie uns mal sehen." Einer der Rettungssanitäter nahm Martins Hand von der Wunde auf Brittas Stirn. Blut fing wieder an zu spritzen.

„Was habe ich gesagt?" Martin herrschte die Sanitäter an. „Los, tun sie was!"

„Alles gut." Einer der Rettungssanitäter übernahm Martins Arbeit. „Haben sie keine Angst, sich zu infizieren, wenn sie mit bloßen Händen arbeiten?"

„Doofe Frage, ganz doofe Frage. Wenn diese Frau nicht durchkommt, dann würge ich alle mit bloßen Händen." Martin stand auf.

„Schädelhirntrauma mit Bewusstseinsverlust, Verdacht auf Frakturen peripherer Gelenke, NAW dringend", gab ein anderer Sanitäter durch und zu Martin: „Das haben sie wirklich gut gemacht."

Martin stand wie paralysiert da, nachdem der Notarztwagen abgefahren war und er der inzwischen eingetroffenen Polizei Angaben gemacht hatte. Er fühlte einen kleinen Druck auf seiner Schulter. „Jetzt Händewaschen, dann einen großen Grappa und für heute Nachmittag nehmen sie sich frei." Die Chefin der Eisdiele führte Martin zu einem Toilettenraum, in dem sich auch ein Waschbecken befand. „Seife ist hier, Handtücher sind dort."

„Danke", sagte Martin. Während er sich die Hände wusch, stierte er in den Spiegel und in das Gesicht, welches von diesem widergespiegelt wurde. Schrecklich sah dieses Gesicht aus, angstverzerrt und voller Unruhe. Das Gesicht begann zu weinen. Scheiße, Scheiße, Scheiße!

Dienstag, 28. Mai

„Martin, was ist los mit dir?" Walter, Martins Dienstgruppenleiter, löste den Blick von einer Akte. „Ich habe Deinen Prüfbericht gelesen. Darf ich ehrlich sein?"

„Nur zu." Martin schätzte Walters offene Art.

„Schrott, Schrott, Schrott. Dieser Vorgang hier ist nichts weiter als vorsätzliche Steuerverkürzung. Aber du machst einfach einen Haken dran und nickst alles ab." Walter beugte sich vor. „Martin, du bist der jüngste Mitarbeiter in dem ganzen Laden hier, der nach A 11 besoldet wird. du stehst sogar auf dem Sprung nach A 12. Wie soll ich dich denn benoten, wenn du solch einen Bullshit verfasst?"

„Ich will mich gar nicht herausreden", sagte Martin und musste schlucken. „Vor vierzehn Tagen musste ich zusehen, wie meine Freundin von einem Auto erfasst wurde. Ich will dir Einzelheiten ersparen. Ich habe dieses Bild immer noch vor Augen."

Walter schwieg eine Weile. „Und was ist jetzt?"

„Jetzt ist sie von Intensiv herunter, war dort auch nur zur Beobachtung. Es war eine Schädelfraktur, eine lineare Kalottenfraktur in der Fachsprache. Wie durch ein Wunder ohne Hirnödem oder Blutung. Am Kopf also gottseidank keine OP-Indikation. Aber am Schlüsselbein. Das war gebrochen und ist inzwischen operiert worden. Sie hatte auch eine stark blutende Platzwunde auf der Stirn. Ich habe draufgedrückt, obwohl mir das Wasser in den Schuhen stand. Und immer diese Scheiß-Angst in den letzten zwei Wochen."

„Schlimm", sagte Walter, „ganz schlimm. Sag mal, willst du dir nicht ein paar Tage frei nehmen, bis Du die ganze Sache verdaut hast? Oder zu einem Psychologen gehen? Ich meine, jeder Lokführer braucht doch so einen, wenn ..."

„Nein", unterbrach Martin.

„Doch", sagte Walter entschieden. „Ich kann nicht zulassen, dass du dir deine Karriere versaust und den Ruf unserer Abteilung ruinierst. Also: Zwei Wochen Urlaub."

„Eine Woche", sagte Martin.

„Zwei!"

„Und wie bringe ich das meinen Kollegen bei?" fragte Martin.

„Das mache ich schon. Besser zwei Wochen Urlaub als zwei Wochen einen Krankenschein."

Martin stand auf. „Soll ich die Akte noch einmal bearbeiten?"

Walter strich über die Akte. „Nicht in deinem Zustand. Und jetzt hau endlich ab."

„Danke, Walter." Martin zog die Tür hinter sich zu. Er musste an Britta denken. Was würde werden?

Dienstag, 5. November

Die ersten Herbststürme waren über Deutschland hinweggefegt und an einigen Tagen war der Fährverkehr zu den Inseln eingestellt gewesen. Man rüstete für den Winter – auch in der Eisdiele „La Mandorla". Die blond gefärbte Frau, die Chefin der Eisdiele, war dabei, mit Paketband Packpapier an die Fenster zu kleben. Ihr Haar wuchs am Scheitel immer weiter dunkel nach. Kein Wunder, die Saison war erfolgreich, aber auch anstrengend gewesen, da hatte es für einen Friseurbesuch nicht gereicht. Zwei Monate in Marina Romea an der Adria zu verbringen, mit Francesca zusammen zu kochen, mal selbst in Ruhe einen Kaffee zu trinken, anstatt zu bedienen: Darauf freute sie sich. Eine letzte Bahn noch, dann wäre das große Fenster zur Straße hin fertig. Draußen fesselte etwas ihre Aufmerksamkeit. „Riccardo!", rief sie in Richtung der Eisküche zu ihrem Mann, der dabei war, die Eismaschine zu warten.

„Was gibt es, Giulia?", kam es aus der Eisküche.

„Da sind sie, die beiden."

„Welche beiden?"

„Na, diese Britta und dieser Martin. Britta ist wieder völlig gesund. Die beiden gehen gerade hier vorbei. Willst du kommen und sie selbst sehen?"

„Nein", kam es aus der Eisküche, „es geht nicht. Ich schraube gerade am Motor der Eismaschine herum. Wir müssen fertig werden. Übermorgen geht es los."

Giulia klatschte in die Hände. „Oh wie schön. Jetzt halten sie Händchen. Und ich hatte schon gedacht, sie kämen nie zusammen. Erst war *er* so kompliziert, dann kam der Unfall und dann war *sie* so kompliziert. Ich musste schon an Alessia und Samuele denken. Als die endlich zusammengekommen sind, konnten sie keine Kinder mehr bekommen."

„Woher weißt du, ob Alessia und Samuele nicht auch vorher schon ohne Kinder geblieben wären?", kam es aus der Eisküche.

„Ich bin mir ganz sicher."

„Wie du meinst", kam es aus der Eisküche, „aber vom Händchenhalten bekommt man keine Kinder."

„Das weiß ich auch. Sei nicht gemein!" Giulia tat empört. Dann fuhr sie fort: „Was für ein schönes Paar." Sie klatschte erneut in die Hände. „Oh, wie romantisch. Jetzt sind sie stehengeblieben und küssen sich."

„Du bist daran nicht unbeteiligt. Du hast nach dem Unfall herumtelefoniert, um diesem Martin die Krankenhaus- und die Wohnungsadresse dieser Britta zu besorgen. Und vorher und nachher hast du die beiden hier bewirtet."

„Ja, Riccardo, ich bin stolz darauf, dass ich mitgeholfen habe, die beiden zusammenzubringen. Sie gehen weiter. Jetzt sind sie um die Ecke verschwunden."

„Ich bin auch stolz auf dich", kam es lachend zurück, „du bist eine erfolgreiche Kupplerin."

„Kupplerin hört sich nicht schön an, sag lieber Postillione d'Amore", rief die Chefin der Eisdiele „La Mandorla" in Richtung der Eisküche. Postillione d'Amore, was für ein schönes Wort. Sie klebte die letzte Bahn Packpapier mit Paketband ans Fenster.

Abendfrieden

Der Rotkehlchenbaum

„Da bist du ja, Karl-Heinz." Die alte Dame strich sich durch das Haar und lächelte ihren Neffen an.

„Ja, da bin ich, Tante Hella. Wie geht es dir?"

„Gut geht es mir. Ich bin zufrieden."

„Das freut mich." Karl-Heinz blickte aus dem Fenster des Seniorenheims. „Da hinten ist der Markt. Weißt du noch, dass du nur über den Marktplatz gehen konntest, wenn die Stände aufgebaut waren? Wenn der Platz leer war, musste ich dich immer an den Häusern entlangführen, weil du dich vor der Weite des großen Platzes gefürchtet hast."

Tante Hella ging nicht darauf ein. Sie griff zur Kaffeetasse, die vor ihr stand, und trank einen Schluck. „Ich bin zufrieden. Aber", fügte sie hinzu, „Du bist lange nicht gekommen, Karl-Heinz."

„Aber Tante Hella, ich war vorgestern zuletzt hier."

„Stimmt das wirklich?"

„Wirklich, Tante Hella, ich war vorgestern zuletzt hier."

„Wenn du es sagst."

„Tante Hella, Dein Kopf ist ein bisschen müde, es stimmt wirklich."

„In dem Baum dort, da singt ein Rotkehlchen. Es singt sehr schön." Tante Hella flötete die Melodie des Rotkehlchens.

Karl-Heinz blickte wieder aus dem Fenster. Nicht weit entfernt stand ein Baum. Es war sicher ein guter Baum für ein Rotkehlchen, aber im Augenblick war es nicht da.

Tante Hella trank einen weiteren Schluck aus ihrer Kaffeetasse. „Es ist schön, wenn du mich besuchen kommst, aber lass nicht wieder so viel Zeit vergehen."

„Ist klar, Tante Hella, ich bemühe mich. Dann mach's gut, ich muss noch zum Einkaufen und zum Tanken."

„Ist gut, Karl-Heinz, mach's auch gut."

Tante Hella strich sich durch das Haar. Dann flötete sie die Melodie des Rotkehlchens. Es klang feierlich. Karl-Heinz verließ Tante Hellas Zimmer und ging die Treppen zum Erdgeschoss herunter. Vor der Eingangstür des Seniorenheims blieb er stehen und sah hinauf zu dem Rotkehlchenbaum. Das Rotkehlchen konnte er nicht sehen, aber das war auch gar nicht so wichtig; Hauptsache war, dass Tante Hella es hören konnte.

Auf Schalke

Wilfried Baum zuckte zusammen. Das ging wirklich nicht! Er war noch nicht lange in diesem Heim, in dieser Anstalt, und hatte genug damit zu tun, sich an einen neuen Lebensabschnitt zu gewöhnen. Es war schwierig genug für ihn, die aktuelle Situation zu meistern, diese massiven Einschränkungen seiner Autonomie. Vorher hatte es eigentlich doch noch ganz gut geklappt – allein zu Hause mit der gelegentlichen Betreuung durch Frau Geyer. Aber dann war die Operation an der Wirbelsäule hinzugekommen. Eigentlich ein ganz banaler Sturz über die Teppichkante, aber das bedeutete jetzt Rollstuhl, nicht immer, aber doch meistens.

Das hier, das ging wirklich nicht, diese massive Schreierei aus dem Nachbarzimmer! Na ja, auch das Ausfüllen von Überweisungen hatte zuletzt Frau Geyer besorgt und er hatte nur noch unterschrieben. Die engen Kästchen auf den neuen Überweisungsträgern waren wirklich eine Zumutung für Menschen mit einer Makula-Degeneration. Auch das Lesen von Büchern hatte mehr angestrengt als früher. Schicksalsergeben hatte er schließlich den Heimplatz angenommen, der frei geworden war. Wann wurde ein Heimplatz frei? Durch natürliche Fluktuation, sagte man. Ein neuer Lebensabschnitt, was hieß das? Eigentlich ganz klar: Warten auf das Ende. Bitter schüttelte Wilfried Baum den Kopf.

Wieder ertönte es aus dem Nebenzimmer, nicht immer verständlich, manchmal klar, aber immer laut. „Otto", konnte Wilfried Baum verstehen. Die Bauweise dieses Heims hatte eigentlich doch ganz solide gewirkt. „Berni steht frei!" Otto und Berni, warum peinigte dieser offensichtlich demente Heiminsasse ihn gerade jetzt, in dieser schwierigen Situation, mit seiner Schreierei? Es sollte Heime geben, die zwischen Dementen und Normalen trennten, aber hier schien das nicht der Fall zu sein, wohl mal wieder die übliche soziale Gleichmacherei. „Berni steht frei", kam es wieder aus dem Nebenzimmer. Eine Stimme wie aus dem Fußballstadion. Der Mann, dem die Stimme gehörte, schien sich in Rage zu schreien. Nicht alles war gut zu verstehen, doch der letzte Schrei „Tor!" kam gut verständlich an Wilfried Baums Ohren.

Horror, totaler Horror! Dabei hatte man ihm dieses Heim doch früher sogar empfohlen. „Wegen der Menschlichkeit, die dort herrscht." Auf wen hatte er nur gehört? „Im Raphaelsheim soll es manchmal nach Urin riechen." Deswegen hatte er sich auch nicht im Raphaelsheim beworben. Was hätte es auch genützt? Wilfried Baum hatte in der akuten Situation nehmen müssen, was gerade frei geworden war, und das war nun einmal dieses Zimmer im Pflegeheim Stadtmitte. Eigentlich war er aufgrund der Empfehlungen ganz froh gewesen, in diesem Geriatrikum hier einen freien Platz bekommen zu haben. Was mochte Frau Geyer geritten haben, ihm solche Informationen zu geben? „Stellen sie sich vor, sogar die Ochsentour über ein anfängliches Zweibettzimmer brauchen sie nicht zu durchlaufen", hatte sie auch noch gesagt. Vielleicht war sie ja auch nur, obwohl gut bezahlt, seiner Betreuung überdrüssig geworden. „Papa, das geht zu Hause wirklich nicht mehr", hatte die Tochter ganz spontan gesagt und der Schwiegersohn, der trockene Statistiker, hatte ergänzt, dass dies eben der Lauf der Dinge wäre und dass ein Über-Achtzigjähriger damit rechnen müsste, vor seinem Ableben in ein Heim zu kommen. Bei Sechzigjährigen wäre das anders. Die würden normalerweise tot umfallen. Wilfried Baum wollte nicht ungerecht sein. Aber die Frage, ob seine eigene Familie ihn im Stich gelassen hatte, sollte doch wenigstens einmal erlaubt sein.

„Manni", kam es jetzt lautstark aus dem Nebenzimmer. Wilfried Baum zerrte an seinem Rollstuhl und wollte sich in Richtung Zimmertür bewegen. Nur raus aus diesem Zimmer! Aber was dann tun? In das Zimmer dieses Dementen, ihn zur Rede stellen? Der würde vielleicht noch aggressiv. Sich an die Pflegerinnen wenden, sich beschweren und schon in den ersten Tagen hier in diesem Heim Beziehungskredit verspielen? Es klopfte an der Zimmertür. „Ja bitte", wollte Wilfried Baum sagen, aber da wurde die Tür schon geöffnet. Die junge Auszubildende kam mit einem Tablett auf der Hand in das Zimmer. „Kaffeetrinken. Es gibt Kaffee mit Milch, wie sie es gesagt haben, und eine Himbeerschnitte." Sie stellte das Tablett vor Wilfried Baum auf den Tisch. „Schon eingelebt?" „Nein, überhaupt nicht", wollte Wilfried Baum sagen, aber dann unterließ er es. „Ich habe mir ihren Namen nicht gemerkt", sagte er stattdessen.

„Miriam", sagte die junge blonde Auszubildende und nach einer Pause: „Ich kann mir vorstellen, dass das im Augenblick für sie schwer ist."

„Ja", sagte Wilfried Baum, „ganz schwer. Aber am schwersten ist für mich diese Schreierei aus dem Nachbarzimmer."

„Die Himbeerschnitte ist wirklich gut", sagte die junge blonde Auszubildende namens Miriam, „ganz frische Himbeeren unter einer Joghurt-Masse, die ganz fluffig ist."
„Was heißt fluffig?", fragte Wilfried Baum.
„Ganz locker. Wenn sie mit der Gabel ein Stück abstechen, matscht der Kuchen nicht, und wenn sie dieses Stück in den Mund stecken, schmeckt es ganz weich und locker."

„Woher wissen sie das?", fragte Wilfried Baum.

„Eigentlich ist es nicht erlaubt." Miriam wurde rot. „Aber ab und zu, wenn das Kaffeetrinken für die Bewohner zu Ende ist, bleibt etwas übrig. Ich habe schon mal probiert. Die Himbeerschnitte ist am besten. Außerdem arbeitet mein Freund in der Konditorei, die den Kuchen liefert. Der hat mir gesagt, dass da die besten Zutaten drin sind."

Wilfried Baum wies auf das Tablett, welches vor ihm stand. „Schön, jetzt weiß ich über die Himbeerschnitte Bescheid." „Aber könnten sie mir bitte einmal sagen, wie ich mit der Schreierei aus dem Nebenzimmer umgehe?"

„Zwei Zimmer weiter", sagte Miriam. „Das ist der Jupp. Er war im Krankenhaus. Der Ortswechsel ist ihm gar nicht bekommen. Im Augenblick ist er zu laut. Aber das wird schon. Der Doktor hat ihm etwas verordnet, aber das muss erst mal wirken."

„Über was in aller Welt regt sich dieser Jupp denn so auf?"

„Fußball", antwortete Miriam. „Der letzte Meistertitel von Schalke 04. Er ist beim Endspiel."

„Hm", machte Wilfried Baum. Er hatte wenig Verständnis dafür, dass solch ein Fußball-Fanatiker ihm das Leben zur Hölle machte. „Wann war das?", fügte er hinzu. Er wollte diese Miriam nicht verprellen.

„1958."

„Hm", machte Wilfried Baum erneut. „Schon lange her."

„Ja, danach war Schalke noch acht oder neun Mal Vizemeister, kein Wunder, dass die echten Schalke-Fans dieses Endspiel so hochhalten." Miriam zeigte auf die Himbeerschnitte. „Aber jetzt probieren sie wenigstens ein Stück."

„Später", sagte Wilfried Baum. „Was hat es mit diesem Manni, diesem Otto und dem Berni auf sich?"

„Manni Kreuz und Berni Klodt waren die Torschützen beim 3:0 gegen den HSV. Berni Klodt hat zwei Tore geschossen und eine Vorlage für Manni Kreuz gegeben. Otto Laszig war Stopper in der Mannschaft."

„Sie wissen ja genau Bescheid."

„Bei jedem Heimspiel von Schalke bin ich mit meinem Freund dabei, ich meine, wenn es mit dem Dienst hier geht. Ich spiele auch selbst Fußball."

„Auch bei Schalke 04?", fragte Wilfried Baum.

„Nein, bei Grün-Weiß ..." Miriam nannte den Namen eines Stadtteils. „Bei Schalke tun sie nicht viel für den Frauenfußball. Wir spielen in der Landesliga. Das ist eigentlich eine Nummer zu groß für uns, deswegen freuen wir uns schon auf den Abstieg. Es macht keine Freude, immer am Limit spielen zu müssen und trotzdem zu verlieren."

„Tor", ertönte es wieder. Kaum zu glauben, dass diese Schreierei zwei Zimmer entfernt vor sich ging. Wilfried Baum seufzte. „Wie wahr, wie wahr. Sie haben völlig recht. Niemand kann und will ständig am Limit sein."

„Das wird schon. Aber jetzt denken sie an ihre Himbeerschnitte." Miriam zeigte erneut auf den Teller, welcher vor Wilfried Baum auf dem Tisch stand. „Soll ich ihnen die Aufstellung der Schalker Meistermannschaft einmal aufschreiben?"

„Wie sie meinen." Wilfried Baum war unentschlossen.

„Ich bringe ihnen den Zettel morgen ganz einfach mal vorbei. Aber jetzt muss ich los. Die anderen warten." Miriam ging zur Tür und schloss diese hinter sich.

Wilfried Baum blickte auf den Teller mit der Himbeerschnitte. Hunger hatte er überhaupt keinen, aber einen Bissen wollte er essen, schon allein, um dieser Miriam und den anderen zu zeigen, dass er sie nicht kränken wollte. Er nahm die Gabel.

Der Kuchen war weich und ließ sich am Gaumen zerdrücken. „Fluffig", hatte diese Miriam gesagt. Fluffig, was für ein merkwürdiger Ausdruck.

Grabspringer

Ein schmuckes Dorf mit gepflegten Häusern, Schiefer an den Wänden und auf den Dächern, alle akkurat hergerichtet. Alle? Vielleicht doch nicht alle, einige Häuser hätten vielleicht doch eine Renovierung nötig, aber es sind wenige. Ein Dorf irgendwo. Lassen wir Vermutungen. Nennen wir es Petershagen. Aber so heißt es natürlich nicht. Neben dem Ortsschild ein weiteres Schild, nicht mehr ganz neu. „Golddorf 2002" steht darauf. Den Begriff gibt es wirklich. Eine Goldmedaille in einem Wettbewerb. „Unser Dorf soll schöner werden" oder so ähnlich. Fronarbeit für die Dorfbewohner, Dreck, Handwerker, Schleppen von obligatorischen Geranienkübeln und nicht zuletzt die Notwendigkeit, viel Geld in die Hand zu nehmen. Schiefer ist teuer und Handwerker sind es auch. Irgendwann hat man einfach keine Lust mehr, sich diesen Tort anzutun. Die Bewohner nicht, der Ortsvorsteher und das Kuratorium des Dorfverschönerungsvereins auch nicht, denn die sind des Puschens, des Antreibens, des Motivierens müde. Und die Handwerker? Es ist nicht so, dass die keine Lust mehr hätten, aber die werden jetzt im nächsten verschönerungswilligen Dorf gebraucht.

Kurz hinter dem Ortsschild zweigt von der Hauptstraße eine Stichstraße ab, vom Ortsschild aus gesehen nach rechts, aber das spielt eigentlich keine Rolle. Wichtiger: Es ist Samstag und am Samstag ist die Gosse dran. Wie ist es doch gleich? Die Schürze über dem Kittel oder der Kittel über der Schürze? Wir schauen noch einmal hin. Richtig, der Kittel wird über der Schürze getragen, zumindest kleidet sich Frau Ratajczak so. Eigentlich ist Frau Ratajczak ja gar keine „Hiesige", aber da

50

ihre Familie kurz nach dem Zweiten Weltkrieg nach Petershagen gekommen ist, gehört sie im Gegensatz zu den Ferienhausbesitzern schon fast zur alteingesessenen Dorfgemeinschaft. Außerdem besucht sie regelmäßig die Heilige Messe. Das tun die Zugereisten nicht. Nur mit dem Peter, dem Sohn von Frau Ratajczak, scheint etwas nicht zu stimmen. Ingenieur wollte der werden. Da ist er schon vor drei Jahren zum Studium weggezogen, aber fertig ist er immer noch nicht. Na ja, der Hellste war er noch nie.

Frau Ratajczak ist nicht allein auf der kleinen Straße. Da ist noch eine zweite Frau am Start. Das ist die Frau Oberwellmann. In der Tat, auch Frau Oberwellmann trägt den Kittel über der Schürze und sie hat auch einen Straßenbesen in der Hand. Im Augenblick fegt sie Laub zusammen. Sie sagt etwas. Aus der Entfernung klingt es etwas undeutlich. Gehen wir näher heran.
„Birkenlaub vom alten Kruse", sagt Frau Oberwellmann, „das wird ständig die Straße herunter geweht. Und da liegt doch schon wieder eine Kippe im Laub. Die wird von dem Sohn aus der 3 sein, der raucht ständig auf der Straße."
„Besser als das Kacki von dem Hund aus der 5. Gottseidank haben die Leute dazugelernt. Wenn der Hund sich gelöst hat, nehmen sie es jetzt auf."
„Wenn der Ortsvorsteher sich nicht eingeschaltet hätte, wäre das noch immer so wie früher."
„Ja, ist es aber nicht", sagt Anna Ratajczak. Sie fegt das Laub zusammen und befördert es mit einem Kehrblech in die Mülltonne. Dann stellt sie den Straßenbesen an die Hauswand und nimmt eine langstielige Drahtbürste. „Löwenzahn und Moos. Es scheint immer mehr zu werden. Aber es sind wohl nur die Jahre, die man merkt."

Hedwig Oberwellmann nickt. „Wenn ich an das Schneeschippen im Winter denke: Du hast es gut, du hast nur zwölf Meter. Aber ich habe bei meinem Eckgrundstück 37 Meter."

„Ich weiß. Und dann noch dein Wintergarten. Weißt du noch letzten Winter?"

Frau Oberwellmann wehrt ab. „Hör auf damit. Woher soll ich wissen, dass ein Dach eineinhalb Meter Schneedecke möglicherweise nicht aushalten kann? Wenn die Freiwillige Feuerwehr mich nicht gewarnt und sich tatkräftig eingebracht hätte, wer weiß?"

„Gut, dass wir eine Freiwillige Feuerwehr haben, gut, dass es in Deutschland so etwas gibt." Anna Ratajczak kratzt weiter an Moos und Löwenzahn.

„In Griechenland soll es so etwas gar nicht geben. Kein Wunder, dass es da so viele Waldbrände gibt", sagt Hedwig Oberwellmann und fegt Laub und Erde zusammen.

„Den Löwenzahn muss man wegnehmen, bevor er zur Pusteblume wird." Anna Ratajczak nimmt eine Löwenzahnblüte samt Blättern und Wurzeln in Angriff. „Wenn man die Wurzel nicht vollständig entfernt, kommt er wieder."

„Hast du schon gehört? Die Bärbel hat wieder einen." Hedwig Oberwellmann nimmt ihren Straßenbesen aus den Händen und stützt sich auf ihn auf.

„Wen denn?"

„Kannst du dir das vorstellen? Ihren Untermieter."

„Den älteren Herrn, der bei ihr in der Ferienwohnung wohnt? Ich dachte, der wäre verheiratet."

„Anna, du bist nicht im Bilde. Er war verheiratet. Aber seine Frau ist gestorben, vor über einem Jahr. Beim Schützenfest muss es bei den beiden gefunkt haben, aber zum Schützenfest bist du ja nicht gekommen."

„Hedwig, du weißt, mir ist im Augenblick nicht danach."

„Anna, es wäre besser für dich, wenn du mal wieder unter Leute kämest."

„Ja, Hedwig." Anna Ratajczak bearbeitet das nächste Löwenzahn-Exemplar mit der Drahtbürste.

„Wie auch immer, auf alle Fälle sind die beiden jetzt ein Paar. Ich habe nachgerechnet und ich sage dir, das ist Bärbels vierte Partie. Nun ja, dafür kann Sie ja eigentlich nichts. Erst ist ihr der Jupp unter den Trecker geraten, als sie noch den Hof hatten. Und dass der Paul den Johannistrieb bekam und sich davongemacht hat, dafür kann sie ja auch nichts. Immerhin war die Frau 20 Jahre jünger. Und zuletzt war sie mit Gregor verheiratet, bis dann der Magenkrebs kam. Erst die vielen Operationen und zuletzt die Chemotherapie. Aber wenn selbst eine Uni-Klinik nicht mehr helfen kann, was soll man da machen?" Hedwig Oberwellmann seufzt. Dann fährt sie fort. „Aber die Bärbel, die ist nun einmal ein Grabspringer. Bei der letzten Beerdigung sah sie so aus, als wollte sie gleich mit in das Grab vom Gregor springen, so hat sie die Hände gerungen und geweint und geschrien. Aber ich sage dir, die Grabspringer haben die besten Chancen, wieder an einen Mann zu kommen, das siehst du ja auch. Normalerweise werden die Witwer noch am offenen Grab vermakelt, aber bei den Witwen ist das nicht so: Schau uns beide an. Neue Männer – Fehlanzeige. Aber bei den Grabspringern ist das anders. Die haben bessere Karten." Hedwig Oberwellmann nimmt ihren Straßenbesen wieder auf und fegt noch einmal nach.

„Grabspringer. Darüber habe ich noch nicht nachgedacht." Anna Ratajczak kratzt ein letztes Mal an Moos und

Löwenzahn. Dann legt sie die langstielige Drahtbürste beiseite, fegt ausgekratztes Moos und Löwenzahn zusammen und befördert beides mit dem Kehrblech in die Mülltonne. Sie blickt auf die Uhr. Normalerweise ruft Peter um diese Zeit an, wie ein Ritual, samstags um zwölf Uhr. Weißt du, Mama, dann heulen die Feuerwehrsirenen, dann höre ich sie, dann stelle ich mir vor, ich würde dich besuchen, ich wäre zu Hause, manchmal denke ich auch an Papa, wie es wäre, wenn er da wäre, wie früher, aber es geht jetzt nicht, ich muss studieren, die Klausuren warten, die letzte habe ich mit ‚sehr gut' bestanden, ich habe eine Freundin, stell dir vor, eine Freundin, die ist nicht nur intelligent, sondern sieht auch wirklich gut aus und hat ein liebes Gesicht, ich werde sie dir bald einmal vorstellen, aber mit dem öffentlichen Nahverkehr ist das eigentlich unmöglich an einem Samstag. Hast du Blumen auf Papas Grab gestellt, was gibt es Neues im Dorf, wie war der Pfingstbaum, wie war die Beerdigung vom alten Schulte?

„Ich sage dir, meine Theorie mit den Grabspringern stimmt."
Hedwig Oberwellmann überquert die Straße und geht auf Anna Ratajczak zu.
„Du wirst recht haben." Anna Ratajczak nimmt langstielige Drahtbürste, Straßenbesen und Kehrblech auf und streicht sich die Hände an dem Kittel ab, der über der Schürze getragen wird.
Hedwig Oberwellmann senkt ihre Stimme. „Anna, im Vertrauen, kann es sein, dass du neulich beim Seelenklempner warst? Die Marion hat dich gesehen, als du da rauskamst."
„Du meinst das Ärztehaus in der Stadt? Da war ich beim Chiropraktiker. Der hat mir meine Halswirbelsäule gerichtet. Eine Blockade zwischen Hals- und Brustwirbelsäule. Chiropraktiker werden nicht von der Kasse bezahlt. Aber das

war es mir wert. Man sollte eben nicht so schwer heben."
Anna Ratajczak erzählt es leichthin.

„Sie sollten sich mal professioneller Hilfe versichern", hatte
der Hausarzt gesagt.

„Und wie soll ich das machen?", hatte Anna zurückgefragt.

„Wenn ich in der Stadt irgendwohin gehe, wird das mit
Sicherheit bekannt. Und dann gelte ich im Dorf als Krüppel."

„Ich verstehe", hatte der Hausarzt gesagt und ihr ein leichtes
Antidepressivum verschrieben.

Das Telefon im Haus schellt. Anna Ratajczak lässt Hedwig
Oberwellmann stehen. „Hedwig, das wird Peter sein." Sie geht
auf ihre Haustüre zu. Sie beeilt sich, obwohl Peter weiß, dass
samstags die Gosse dran ist und die Feuerwehrsirenen noch
ein oder zwei Minuten Zeit haben. Neben dem Telefon steht
auf dem Bord in einem Rahmen das Bild von Ludger. Anna
nimmt es und drückt es gegen ihre Brust. Warum tut das
immer noch so weh? Dann nimmt sie das Telefongerät auf.

„Bist du es, Peter?"

„Ja, ich bin es, Mama. Wie geht es dir?"

„Mir geht es gut. Ich habe gerade den Bürgersteig und die
Gosse gemacht. Aber damit bin ich jetzt fertig. Und wie geht
es dir?"

„Mama, mir geht es sehr gut. Weißt du, Miriam und ich, es ist
einfach toll und die Klausuren laufen und ich habe einen Job
als studentische Hilfskraft und ich habe sogar jetzt schon ein
Angebot bei einer Firma, die mich in jedem Fall haben will,
unabhängig von der Examensnote und ich könnte einfach
jeden umarmen."

„Wunderbar", sagt Anna, „Toll, ich freue mich für dich." In
diesem Augenblick fangen die Feuerwehrsirenen an zu heulen.

„Einen Moment, Peter, eine Minute."

„Ja Mama, eine Minute in der Heimat."

Anna Ratajczak hält das Telefongerät mit der einen Hand in die Höhe und stellt mit der anderen das Bild von Ludger auf das Bord zurück. Sollte es auf dem Steinfußboden zerschellen – das würde sie sich niemals verzeihen.

Dienstbesprechung

Der Heimleiter wies auf Yannick, der ihm am Tisch gegenüber saß. „Herr Peters ist heute zu mir gekommen und hat mir ein Foto gezeigt. Ich habe dann natürlich sofort die Pflegedienstleitung informiert und wir haben das Ganze zu dritt besprochen, aber das ist jetzt egal. Was wichtig ist, dass auf diesem Foto das Gesicht von Herrn Bultmann zu sehen ist, einem Bewohner dieser Station. Herr Peters, bitte zeigen Sie einmal das Foto."

Yannick Peters stellte auf seinem Smartphone das entsprechende Foto ein und reichte das Gerät zum Heimleiter herüber. „Hier sieht man es", sagte der Heimleiter und hielt das Smartphone in die Höhe, „hier ist auf der linken Wange von Herrn Bultmann der Abdruck einer Hand zu erkennen. Man sieht eine Rötung durch einen Handteller und darüber den Abdruck von mindestens drei Fingern. Ich hoffe sehr, dass wir uns alle getäuscht haben, aber das glaube ich nicht. Wir glauben, dass Herr Bultmann geschlagen worden ist, und zwar mit voller Gewalt. Der Heimleiter wurde laut und bekam einen roten Kopf. Er schlug mit seiner Hand auf den Tisch. „Wer war das?"

Frau Meinhard, die Pflegedienstleitung, eine ältere Frau mit dunklen Haaren, die am Scheitel angegraut nachwuchsen, war die Erste, die die Stille durchbrach. „Ich denke, dass sich alles aufklären lässt." Normalerweise wirkte sie souverän, aber jetzt klang ihre Stimme ein wenig brüchig.

„Wenn Herr Bultmann geschlagen worden ist, ist da gar nichts aufzuklären." Yannick Peters nahm sein Smartphone wieder an sich und stellte es aus. „Gewalt in einem Pflegeheim, wo kommen wir denn da hin? Das geht gar nicht." Seine Stimme kiekste.

„Ich kann die Empörung von Herrn Peters verstehen und ich gebe ihm recht." Der Heimleiter hatte sich entfärbt, wirkte aber immer noch aufgewühlt.

„Nennt man so etwas ein Tribunal?", fragte Pflegedienstschülerin Anna in die Runde hinein.

„Nein." Der Heimleiter stutzte, aber dann fing er sich wieder. „Wir wollen herausbekommen, wer Herrn Bultmann geschlagen hat."

„Umfängliche Sach- und Rechtsaufklärung", kiekste Yannick Peters. Er hatte sich sein Praktikum in einem Pflegeheim eigentlich anders vorgestellt. Drei Monate freiwilliger Pflegedienst, etwas für das soziale Punktekonto bei späteren Bewerbungen tun, das ging in Ordnung, aber hier täglich Dienst am Patienten, Pampers wechseln und Pöchen-Abwischen, Füttern – was hieß Füttern? – Essen und Trinken reichen, na ja. Aber das hier versprach spannend zu werden.

„Wenn jemand Herrn Bultmann eine Ohrfeige gegeben hat, wird derjenige seine Gründe haben und er wird es sagen." Frau Meinhards Stimme klang wieder souverän. „Machen wir es mal ganz einfach, fragen wir rum. Hat jemand Herrn Bultmann eine Ohrfeige gegeben? Eva, du?"

„Nein."

„Jolanta, du?"

„Nein."

„Svenja, du?"

„Nein."

„Kerstin, du?"

„Nein."

„Anna, du?"

„Nein."

„Heike, was ist mit dir?"

Eine Pause entstand. Heike drehte ihre Zeigefinger umeinander. „Ich habe Herrn Bultmann eine geklatscht. Von ganzem Herzen. Ich habe mit der Hand ausgeholt und ihm eine gescheuert, wie es sich gewaschen hat. Und wenn man das noch auf seinem Gesicht sieht, dann tut es mir nicht leid." Heike fing an zu weinen.

„Das geht aber gar nicht." Der Heimleiter verfärbte sich wieder.
„Überhaupt nicht", echote Yannick Peters.
„Halt doch einfach mal den Rand, Yannick." Frau Meinhard mischte sich ein. „Heike, was ist passiert?"
„Gestern war ich wieder drin bei Herrn Bultmann." Heike weinte weiter, aber ihre Worte waren gut vernehmlich. „Da hat er mich wieder angegrabbelt. Ich meine, der Mann gilt ja offiziell als dement, aber der weiß immer noch, wo es lang geht."
„Was soll das heißen?" Diesmal verfärbten sich die Jochbeine des Heimleiters rötlich.
„Ganz einfach." Heike hatte sich gefangen. „Was würden sie sagen, wenn ihnen einer jeden Tag in den Intimbereich greift. Und zwar ganz bewusst und zielgerichtet? Würden Sie sich dann nicht dagegen wehren? Zunächst halten sie es noch aus und sagen nichts, denn wir haben hier ja ein christliches Heim, und da gibt sowieso noch für jeden ein Wort des Verstehens. Klar, für jeden Heimbewohner, aber in der Regel nicht für die Pflegekräfte. Und dann", Heike unterbrach und fing wieder an zu weinen, „ist das aber mal zu Ende. Dann wehren sie sich ganz spontan und ganz kreatürlich. Dann klatschen sie Ihrem Peiniger eine, ganz einfach." Heike trocknete ihre Tränen an einem Papiertaschentuch ab. „Und wenn es mich meinen

Arbeitsplatz kostet: Nachträglich bin ich stolz drauf, diesem geilen Bock eine gescheuert zu haben."

„Na, na", mahnte der Heimleiter.

„Haben wir Beweise für diese Schutzbehauptungen?", fragte Yannick Peters.

„Halt doch endlich mal den Rand", wiederholte sich Frau Meinhard, sichtlich genervt.

„Ich habe zugesehen." Die Pflegedienstschülerin Anna meldete sich zu Wort. „Ich kam um die Ecke, das heißt ins Zimmer. Da habe ich gesehen, wie der Herr Bultmann der Heike in den Schritt gegriffen hat. Da hat sie ganz spontan ausgeholt und ihm ihre Hand ins Gesicht geklatscht. Ich fand das ganz normal. Ich weiß gar nicht, warum man daraus so ein Problem macht."

„Wenn das so ist." Der Heimleiter schien beruhigt.

„Und jetzt?", fragte Frau Meinhard.

„Was ist mit dem Hausarzt?", fragte Jolanta. „Kann der denn nichts machen?"

„Eine gute Idee", meinte der Heimleiter. Und zur Pflegedienstleitung gewandt: „Rufen sie doch da einmal an. Da muss sich doch etwas machen lassen." Dann in Richtung Heike: „Aber dass mir so etwas nicht noch einmal vorkommt." Heike nickte.

Frau Meinhard ergriff das Wort. „Heike, in das Zimmer musst du nicht mehr rein. Das kann Yannick übernehmen. Nicht wahr, Yannick?"

„Aber", stammelte Yannick.

„Kein Aber", sagte Frau Meinhard.

„Dann wäre ja alles geklärt." Der Heimleiter erhob sich, sichtlich froh, sich jetzt dieses unappetitlichen Themas entledigen zu können. „Ich bitte um Entschuldigung. Sie wissen, die Kuratoriumssitzung ..." Er verließ den Raum.

„Typisch", murmelte Svenja und strich sich ihre Locken aus der Stirn. „Wenn die Kacke am Dampfen ist, dann verzieht er sich."

„Svenja!" Frau Meinhards Stimme wurde scharf.

„Schon gut", sagte Svenja.

„Heike, nur sprechenden Menschen kann geholfen werden", fuhr die Pflegedienstleitung fort.

„Und wie?", fragte Heike. „Was wäre gewesen, wenn Anna nicht zufällig ...?"

„Es gibt immer eine Lösung", unterbrach Frau Meinhard.

„Und welche?", fragte Heike spitz zurück.

„Sprechen, Heike, sprechen. Nicht die Faust in der Tasche machen. So etwas kommt vor, Heike, glaube mir, das ist nichts Neues. Es wird in der Regel aber nicht darüber gesprochen. Ich mache folgenden Vorschlag." Frau Meinhard führte aus.

„So weit alles klar?" Frau Meinhard erhob sich.

Die Anwesenden nickten.

„Ist das auch für dich okay?" Frau Meinhard blickte zu Heike.

„Ja, sicher. Und noch mal Danke."

„Dann können wir ja die Sitzung schließen." Frau Meinhard sah in die Runde. „Yannick, Du kommst mit. Wir haben noch etwas zu besprechen."

Die Eingangstür des Pflegeheims führte zu einem Garten, von hier verlief ein gepflasterter, rollstuhlgerechter Weg zu einem vorgelagerten Parkplatz, neben der Eingangstür der obligatorische Aschenbecher. Heike zog an einer Filterzigarette, Anna rauchte aus Kostengründen eine Selbstgedrehte.

„Anna, vielen Dank, dass du mir so geholfen hast."

„Kein Problem."

Die beiden jungen Frauen rauchten schweigend weiter. Heike begann erneut: „Wenn ich es mir recht überlege, kannst du das gar nicht beobachtet haben, das, was der alte Bultmann mit mir gemacht hat. Zu dieser Zeit warst du doch in der 4 zum Betten."

Anna klopfte Asche in den Aschenbecher. „Stimmt."

„Dann hast du für mich gelogen?"

„Stimmt", sagte Anna. Und nach einer Pause. „Nicht nur für dich. Auch für mich. Für uns alle. Mich hat er auch so widerlich angegrabbelt und ich habe nichts gesagt. Aber dass du den Mut aufgebracht hast, ihm eine zu scheuern, das finde ich richtig gut. Da kann ich dich doch nicht im Regen stehen lassen." Anna drückte ihre Selbstgedrehte im Aschenbecher aus.

Kognitive Dysfunktion

Dr. Wilm wartete auf den Fahrstuhl. Mit 67 Jahren musste er nicht mehr die Treppe nehmen. Das hatte er sich abgewöhnt. Mit 67 Jahren hatte er das auch nicht mehr nötig, schon gar nicht, um zu zeigen, wie fit er noch war. Das war er nun einmal nicht mehr. Drei Stents und eine Mitralklappe sollten reichen, um den Fahrstuhl benutzen zu dürfen. Treppenterrier nannte man die Hausärzte, die nach einer Praxissitzung von einem Hausbesuch zum nächsten hechteten. Gottlob waren Hausbesuche bei ihm eher selten vorgekommen, aber auch ohne die Hausbesuche hatte ihn seine HNO-Tätigkeit zuletzt ganz schön geschlaucht. Ein Klingelzeichen ertönte und die Tür des Fahrstuhls öffnete sich. Dr. Wilm trat zur Seite, um zwei Sanitäter mit einer Patientin auf einer Transportliege vorbeizulassen. Dr. Wilm betrat den Fahrstuhl. Bevor sich die Türe schloss, sah er den Sanitätern gewohnheitsmäßig nach: Es waren Johanniter.

Dr. Wilm drückte auf den Knopf für die oberste Etage. Er rekapitulierte, was er nach seiner konsiliarischen Tätigkeit in diesem Hause beim Asiaten gegenüber noch einkaufen müsste: Sojasprossen, scharfe Currypaste, ein Glas Sambal Olek, Kichererbsenmehl und nicht zuletzt weiße Bohnen im Glas. Tiefkühlerbsen und Hähnchenbrustfilets waren noch im Froster. Dann ging er die Speisen für die nächsten Tage durch – er hatte wohl nichts vergessen. Magdalene genoss es, sich an einen gedeckten Tisch setzen zu können, wenn sie nachmittags von der Arbeit kam. „Sie haben den vierten Stock erreicht", ertönte eine Stimme aus der Elektronik des Fahrstuhls. Dr. Wilm verließ den Fahrstuhl und steuerte auf die Tür der Station zu. Vor der Station war ein Schild angebracht: „Station

Sebastian", es war die Station für die Patienten mit Hirnleistungsstörungen; aber das Schild sah Dr. Wilm schon lange nicht mehr, zu routiniert waren die Abläufe für ihn in diesem Haus geworden. Immerhin waren es weit mehr als zwanzig Jahre, in denen er als konsiliarischer HNO-Arzt hier gearbeitet hatte. Was bedeutete eine konsiliarische Tätigkeit? Ein- oder zweimal pro Woche – je nach Erfordernis – in irgendwelche Nasen, Ohren oder Rachen zu blicken, also Leistungen zu erbringen, welche dieses geriatrische Krankenhaus nicht selbst erbrachte, sondern durch externe Ärzte „einkaufen" musste. Es machte Spaß, hier in diesem Haus, befreit von einer zuletzt immer mehr ermüdenden Praxistätigkeit, zu arbeiten. Eher ein Treffen unter guten Freunden als ein Arbeitseinsatz. „Haus Swansbell" hatte dieses Krankenhaus noch ganz zu Beginn seiner Tätigkeit hier geheißen, jetzt war es in Folge des Konsolidierungsprozesses der deutschen Krankenhauslandschaft Teil der Samariter-Gruppe. Haus Swansbell, jetzt „Geriatrisches Zentrum", ganz im Süden der Universitätsstadt gelegen, war gut mit der U-Bahn zu erreichen. Da brauchte man sich nicht mit dem Auto durch den Berufsverkehr zu quälen. Ein Viererticket der städtischen Betriebe reichte für zwei Fahrten hin und zurück.

Dr. Wilm drückte mit der rechten Hand auf einen Klingelknopf neben der Stationstür. Nur so konnte man die Türe öffnen, ohne dass ein Dauerton einsetzte – eine vorsorgliche Maßnahme, um dem Pflegepersonal mitzuteilen, dass möglicherweise desorientierte Patienten dabei waren, die Station Richtung Fahrstuhl oder Treppenhaus zu verlassen. Dr. Wilm hielt den Knopf gedrückt und drückte gleichzeitig die Türklinke mit der linken Hand herunter. Es war nicht einfach, denn er hatte noch eine Aktentasche in dieser Hand, ein uraltes Ledermodell, abgeschabt, verblichen, aber die Tasche tat noch ihren Dienst. Nur am Griff der Tasche musste man aufpassen, der zeigte schon einige Knickspuren. Doch dann öffnete sich die Tür auch ohne das Zutun von Dr. Wilm. Ein Mann im weißen Kittel kam heraus, eilig wie immer. Es war Professor Himmelmann, Chefarzt dieses Krankenhauses, ein überregional angesehener geriatrisch tätiger Neurologe.

„Upps", entfuhr es Dr. Wilm.

„Ach, Herr Wilm. Es tut mir leid, dass ich sie fast umgerannt habe." Professor Himmelmann reichte Dr. Wilm die Hand.

Dr. Wilm erwiderte den Händedruck. „Guten Tag, Herr Professor Himmelmann." Es gehörte sich, den Chefarzt mit „Herr Professor" anzureden, auch wenn man längst über solche Formalien hinweg war.

„Mit Ihrem ‚Upps' haben sie sich bei uns unsterblich gemacht. Erinnern sie sich, als ich ihnen vor über zwanzig Jahren meine Mutter vorgestellt habe?"

„Ja", sagte Dr. Wilm. Es war ihm peinlich.

„Sie haben ihr in den Rachen geschaut und ‚Upps' gesagt. Dann haben sie noch ‚OP, Tempo, Tempo' gesagt und schon standen Diagnose und Therapie eines Pharynx-Karzinoms. Heute ist meine Mutter immer noch etwas heiser, aber sie kann die Menschen nach wie vor so kommandieren wie sie will."

„Schön", sagte Dr. Wilm. Es wurde ihm immer peinlicher. Auf dem Podest zu stehen, war nicht sein Ding.

Professor Himmelmann senkte seine Stimme. „Haben sie einen Moment Zeit für mich?"

„Ja natürlich", sagte Dr. Wilm, „soll ich mir bei ihnen etwas ansehen?"

Professor Himmelmann steuerte auf eine Sitzgruppe zu, welche, im Flur neben dem Fahrstuhl gelegen, nur selten besetzt war. „Setzen wir uns."

Die beiden Ärzte setzten sich.

„Ich will ihnen etwas erzählen", sagte Professor Himmelmann. „So etwas ist mir noch nicht passiert. Und ich stehe kurz vor der Pensionierung. Erinnern sie sich an den lieben, alten Kollegen Moldavius?"

„Sicher", erwiderte Dr. Wilm und stellte seine uralte, abgeschabte Tasche zwischen den Füßen ab. „Den habe ich doch auf dieser Station gesehen. Wenn ich mich erinnere, ein leichter Paukenerguss beiderseits, aber sein übriger Zustand! Der arme Mensch hat ja gar nichts mehr mitgekriegt. Es tut einem einfach leid, wenn man einen Menschen sieht, der früher kompetent eine große Praxis hat führen können und der jetzt ein Schatten seiner selbst ist."

„Das ist es ja gerade", antwortete Professor Himmelmann. „Wir hatten einen Arztbrief herausgegeben. Da stand natürlich als Diagnose nicht ‚Demenz' drin, sondern ‚kognitive Dysfunktion'. Ich kann mich ganz gut an jede Einzelheit erinnern. Normalerweise ist es so, dass der Brief, vom Assistenzarzt verfasst, vom Oberarzt abgezeichnet wird und ich den Brief nur in Einzelfällen kontrolliere, aber diesen Brief habe ich, weil es ein alter Kollege war, genau gelesen und ihn erst dann abgezeichnet."

„Und dann?", fragte Dr. Wilm.

„Dann haben wir einige Zeit nichts gehört. Doch dann brach das Unheil, wenn ich es einmal so sagen darf, über uns herein. Die Familie hat sich beschwert."

„Wie?"

„Anstatt mich anzurufen oder uns auf anderem Wege zu kontaktieren, haben sich die Kinder bei dem Träger, und zwar bei dem Vorstandsvorsitzenden der Samariter-Gruppe persönlich, beschwert. Den kennen sie aus irgendeinem Grund sehr gut. Sie können sich vorstellen, was da an Stress auf mich zukam." Professor Himmelmann machte eine Pause. „Also, sie meinen auch, dass der Kollege Moldavius dement war?"

„Sicher", sagte Dr. Wilm, „auch wenn ich kein Fachmann bin. Aber ich arbeite über zwanzig Jahre in diesem Haus, da kann ich solche Sachverhalte ganz gut erkennen. Aber darum scheint es mir nicht zu gehen. Sehen sie sich damit konfrontiert, den Arztbrief ändern zu müssen?"

„Sicher", gab der Chefarzt zurück.

„Dann machen sie es doch", sagte Dr. Wilm. „Wie viele Diagnosen haben sie noch gehabt? Ich meine: Herzinsuffizienz, Niereninsuffizienz, Polyneuropathie und das, was alte Leute immer so haben, reicht ihnen das nicht?"

„Nein." Professor Himmelmann schüttelte den Kopf. „Ich stehe zu der Diagnose einer Demenz respektive einer kognitiven Dysfunktion. Warum soll ich diese Diagnose zurückziehen?"

„Weil sie nicht erwünscht ist", sagte Dr. Wilm. „Haben sie sich einmal die Motivlage der Familie beziehungsweise der Kinder klargemacht?"

„Nein."

„Ich erinnere mich", begann Dr. Wilm, „an Thomas Mann. Der war an einer Beinvenenthrombose gestorben, die später die Arterie angenagt hatte, verzeihen sie bitte diese laienhafte Sprache. Die Familie hatte sich mit Händen und Füßen gegen eine vollständige Obduktion gesperrt. Schließlich wurde diese dann als unvollständige Sektion vorgenommen mit der ausdrücklichen Maßgabe, dass der Schädel auf keinen Fall untersucht werden dürfte und Brust- und Bauchorgane nur teilweise."

„Was hat das mit Dr. Moldavius zu tun?", wollte Professor Himmelmann wissen.

„Ich persönlich denke", sagte Dr. Wilm, „dass Thomas Mann sich so hoch aufs Podest gestellt hatte wie er konnte. Und seine Familie ist ihm gefolgt. Seine Familie hätte es nicht ertragen können, wenn ein so großer Künstler schlicht und ergreifend eine Verkalkung aller Gefäße, also auch der Hirnarterien, gehabt hätte. Unvorstellbar, dass ein so sakrosankter Übervater an einem normalen, nennen wir es besser vulgären Leiden gelitten hätte. Könnte etwas Ähnliches auch auf die Kinder von Dr. Moldavius zutreffen?"

Professor Himmelmann wiegte den Kopf. „Denkbar."

Dr. Wilm lehnte sich etwas zurück. Die Fahrstuhltür öffnete sich und zwei Sanitäter, diesmal Malteser, schoben eine jetzt noch leere Transportliege in Richtung der Eingangstür zur Station Sebastian. „Wie viele Arztbriefe werden pro Jahr in der Klinik geschrieben?"

„Ich weiß es nicht genau", antwortete Professor Himmelmann, „aber ich denke, dass es sich um mindestens tausend handeln könnte."

„Wie viele Diagnosen erscheinen auf jedem Arztbrief?"

„Bei den alten Leuten – sie haben es ja soeben auch gesagt – sind es sicher fünf bis sechs Diagnosen, die aufgeführt werden. Wenn man alle möglichen Diagnosen aufführen wollte, käme man gar nicht ans Ende."

„Können sie bei geschätzten fünftausend Diagnosen, die aus ihrer Klinik jährlich herausgehen, denn nicht auf eine verzichten?", fragte Dr. Wilm.

„Wissen sie, es geht auch ums Prinzip, um Glaubwürdigkeit, um Redlichkeit, um ärztliches Ethos."

„Das kann ich verstehen", sagte Dr. Wilm, „aber darüber brauchen sie sich eigentlich keine Gedanken zu machen.

Wenn das hier anders wäre – und damit meine ich speziell ihre Person – wäre ich schon lange nicht mehr hier tätig."

„Danke", sagte Professor Himmelmann.

„Ich bin gerne ehrlich", antwortete Dr. Wilm. „Aber zurück zu ihrem Problem. Ich würde gern etwas ergänzen, sozusagen eine zweite Schublade aufmachen. Haben sie sich einmal Folgendes überlegt? Ein potenzieller Erbfall: Der Vater hat testiert, irgendeine Immobilie oder Geld oder sonst etwas an ein bestimmtes Kind abzugeben, und die anderen Kinder bleiben außen vor. Da würde doch dieses bedachte Kind ein ganz persönliches Interesse an dem Umstand haben, dass der Vater testierfähig war."

„Sollte ich einem solchen Kind etwa helfen wollen?", fragte Professor Himmelmann.

„Überhaupt nicht", sagte Dr. Wilm, „aber in einem Erbschaftsprozess würde ein Richter über die Testierfähigkeit entscheiden und sie würden als behandelnder Arzt aussagen. Sie versäumen sozusagen nichts, wenn sie die Diagnose ‚Demenz' oder ‚kognitive Dysfunktion' im Arztbrief nicht erscheinen lassen. Aber eine Frage habe ich noch: Weswegen war der Kollege Moldavius hier in Behandlung?"

„Zustand nach Magenresektion wegen eines Karzinoms. Wir sollten ihn wieder fit machen."

„Warum ist es da wichtig, ob dieser Karzinompatient dement war oder nicht?"

Ein Telefon schellte. Professor Himmelmann nahm ein Telefongerät aus seiner Kitteltasche. „Entschuldigung. Hat die Verwaltung eingeführt." Und in den Hörer: „Ja, ich komme dann gleich. Sagen Sie ihm, er möge ein paar Minuten warten."

„Sie werden gebraucht", sagte Dr. Wilm.

„Ja, das werde ich." Der Chefarzt erhob sich. „Was sie mir eigentlich sagen wollten, habe ich nicht so ganz verstanden und ich weiß auch immer noch nicht, wie ich mich verhalten werde, aber eines kann ich ihnen sagen: Das Gespräch hat mir unglaublich gutgetan. Woran das liegt, weiß ich allerdings nicht." Er reichte Dr. Wilm die Hand.

„Lassen sie sich nicht aufhalten." Während Professor Himmelmann die Treppe nach unten nahm, drückte Dr. Wilm ein zweites Mal auf den Klingelknopf neben der Stationstür. Dann öffnete er mit der linken Hand die Türe, wobei er seine abgeschabte Ledertasche vorsichtig ausbalancierte. Die Streifen von mariniertem Hähnchenbrustfilet im Wok anbraten, dann grüne Erbsen und Sojasprossen hinzugeben, zuletzt noch etwas in Boullion aufgelöste Currypaste, dazu Basmati-Reis gereicht, das würde Magdalene sicher gut schmecken, wenn sie am Nachmittag von der Arbeit käme. Dr. Wilm betrat die Station für Patienten mit kognitiver Dysfunktion.

Pinguru

„Hier ist es." Die Tochter war stehengeblieben. „Gernot Schröder steht auf dem Schild."

„Gernot Schröder, nicht Gerhard Schröder", sagte der Vater. Es sollte witzig klingen, aber es klang eher verlegen.

„Wir waren lange nicht mehr hier." Die Mutter versuchte eine neutrale Aussage.

„Kein Wunder bei der Entfernung", warf der Vater ein, „und wenn Betty nicht darauf bestanden hätte, wären wir womöglich auch jetzt nicht gekommen."

„Deine Schwester meinte, es ginge ums Abschiednehmen." Die Mutter sprach ruhig. „Immerhin ist es dein Vater."

„Petra, ich weiß", antwortete der Vater, „aber da ist inzwischen doch mancherlei vorgefallen. Schon der Verkauf des Hauses war merkwürdig. Warum 4 ½ Prozent an Maklergebühren? Das hätte man auch günstiger haben können."

„Betty hat immerhin alle Arbeit auf sich genommen, von der Heimunterbringung bis hin zu dem ganzen Schriftverkehr mit den Ämtern. Und nicht zuletzt hat sie den Hausverkauf geschultert. Das ist eine Menge Arbeit." „Und bitte, Rüdiger", die Mutter senkte ihre ausgestreckten Hände, „bitte lass alte und ganz alte Geschichten ruhen."

„Streitet euch nicht, wir sind jetzt hier, um Abschied zu nehmen." Die Tochter drückte die Türklinke zu Gernot Schröders Zimmer herunter. „Ich glaube, in dieser Situation brauche ich nicht anzuklopfen."

Die drei betraten das Zimmer.

Gernot Schröder lag in seinem Pflegebett. Man konnte es hoch- und herunterfahren und auch die Position des Kopfteils war elektronisch zu regeln. Aber das bemerkte Gernot Schröder nicht mehr. Einige Menschen hatten sich an seinem Bett versammelt – aber das hatte er nur schemenhaft und wie durch einen Schleier wahrgenommen. Ein Gesicht war ihm bekannt vorgekommen, das war bei ihm hängengeblieben. Ein Mädchen? Eine junge Frau? Gernot Schröder griff nach seiner Schnabeltasse, er versuchte es wenigstens. Er sah das Gesicht eines kleinen Kindes vor sich, eines Kindes, das Hasenzähne hatte und lächelte. Ein lächelndes Gesicht, das „Pinguru" sagte. Die Schnabeltasse fiel zu Boden und Gernot Schröders Hand auf das Bett. „Pinguru."

Im Polder

Friedrich Krawuttke schob seinen Rollator über die Betonplatten. Das Schieben fiel ihm schwer. Es war mühsam, auf diesem plattierten Weg voranzukommen, erst recht, da die Platten schräg verlegt worden waren. Mit Sicherheit hatte es dafür Gründe gegeben, aber damit wollte sich Friedrich Krawuttke jetzt nicht abgeben. Noch einen Kilometer bis zur Bank oder noch zwei? Er schob seinen Rollator weiter und mühte sich dann, einen kleinen Kanal zu überqueren. Oben auf der Brücke hielt er an, beugte sich vor und tastete in dem metallenen Korb, welcher, nach vorn vor der Sitzfläche des Rollators angebracht, die Front dieses Hilfsgerätes ausmachte. Eine Plastiktüte als Tarnung und darin eine elastische Hülle aus Pappe, wie man sie zum Versand von Flaschen verwendete. Friedrich Krawuttke drückte auf die Pappe: Kein Bruch, alles in Ordnung. Es war schon eine Kunst, eine Flasche, auch wenn sie eingepackt war, auf einem Rollator in einem Polder über Plattenwege zu transportieren.

Frau Berger hatte wie immer verschwörerisch getan, als sie ihn im Altersheim besucht hatte. „Ich lege die Sachen dann mal in den Schrank unter die Regenjacke.“
Friedrich Krawuttke hatte genickt. „Danke, Frau Berger. Ab und zu, aber nur gelegentlich“, hatte er entschuldigend hinzugefügt, aber Frau Berger hatte ihn unterbrochen. „Keine Ursache.“ Dann hatte sie ihre Hand auf seinen Unterarm gelegt. „Wenn ich denke, was sie alles für uns getan haben.“ Sie hatte eine Pause gemacht, war dann aber aufgestanden und hatte die Plastiktüte, die sich jetzt in Friedrich Krawuttkes Rollator befand, in den Kleiderschrank gelegt. Warum hätte

sie auch weiterreden sollen? Irgendwann erschöpften sich die Laudationen.

Friedrich Krawuttke schob weiter. Der Polder hier war eigentlich eine architektonische Meisterleistung. War der Begriff *architektonisch* richtig? Besser sagte man wohl *landschaftsplanerisch.* Auf alle Fälle gab es keine Überflutungen in der großen Stadt weiter oberhalb; bei Hochwasser wurde einfach Wasser aus dem Strom in den Polder geleitet und eine Flutwelle auf diese Weise abgesenkt. *Weiter oberhalb.* Das hätte man zu Schulzeiten niemals sagen dürfen. *Stromab* hieß es oder entsprechend *stromauf.* Der Plattenweg machte einen Knick. Rechterhand lag ein verschilfter See. Ein gewisser Stolz machte sich in Friedrich Krawuttke breit. Eine solche Tour würde ihm keiner seiner Mitbewohner nachmachen wollen, geschweige denn können.

Die letzten Platten noch, dann war die Bank erreicht. Friedrich Krawuttke fixierte seinen Rollator, dann ließ er sich auf die Bank plumpsen. Die Handgelenke schmerzten ein wenig und auch der Rücken meldete sich, aber das gehörte nun einmal zu einer Rollator-Tour dazu. Für eine solche Tour brauchte man eben den entsprechenden Biss.

Die Bank lag in der prallen Sonne. Träge zog der Strom vorbei. Das aber war nicht immer so. Es hatte Winter gegeben, in denen die Eiswachthäuschen ständig besetzt werden mussten, und es hatte bis heute noch Flutspitzen gegeben, die den Polder vollständig überflutet und sein Betreten unmöglich gemacht hatten. Friedrich Krawuttke griff nach der Plastiktüte, ertastete die elastische Hülle aus Pappe und zog aus dieser die Flasche hervor. Er musterte das Etikett. Es war Wodka, nicht der Wodka mit dem Grashalm in der Flasche, aber immerhin Wodka. Friedrich Krawuttke kannte Frau Bergers Bezugsquelle; diesen Wodka konnte man für vier Euro neunundneunzig in einem bestimmten Supermarkt bekommen. Er drehte den Schraubverschluss ab und trank einen kleinen Schluck aus der Flasche. Dann legte er die Flasche vorsichtig in den metallenen Korb zurück, von unten die Papp-Hülle als Polsterung, von oben die Plastiktüte als Sichtschutz. Käme hier ein Fahrradfahrer oder ein Wanderer vorbei – der musste ja nicht sofort sehen, was er, Friedrich Krawuttke, hier zu sich nahm.

Die Bank in der prallen Sonne, vor ihm der träge vorbeiziehende Strom, dahinter Hangwälder, Friedrich Krawuttke nahm noch einen Schluck Wodka. Schön war es, hier zu sitzen. Noch schöner wäre es gewesen, hier mit Agnieszka zu sitzen, aber das ging nun einmal nicht mehr. Verblichen, sagte man. Ab und zu ein Weg zum Grab, anonym, nein, das hatten sie beide nicht gewollt. Hier zu sitzen war schön, genauso schön wie das d-Moll-Konzert von Wieniawski. Eigentlich gehörte alles zusammen, diese Bank, der Blick auf den Strom und die Musik Wieniawskis. Mit dem Bogen ganz unten, am Frosch, musste man den zweiten Satz spielen, sotto voce und sostenuto zugleich, und hinter den eleganten Kantilenen den Schmerz ahnen lassen. Friedrich Krawuttke nahm noch einen Schluck Wodka. Dann legte er die Flasche vorsichtig in den metallenen Korb des Rollators zurück.

Wie oft wurde dieses Violinkonzert kitschig oder gar schmalzig vorgetragen, aber das war es gar nicht. Wie rein und unschuldig hatte es Michael Rabin in den Sechzigerjahren eingespielt. Untrennbar, der Blick von dieser Bank auf den trägen Strom und die Hangwälder und die zugleich einsetzende Musik des zweiten Satzes. Friedrich Krawuttke beugte sich vor, griff nach der Wodka-Flasche und nahm einen kleinen Schluck.

Das Vorspiel damals im Konservatorium. „Warum wollen sie das d-Moll von Wieniawski spielen?"

„Weil ich es liebe", hatte er gesagt.

„Wie sie meinen."

Und dann hatte er, Friedrich Krawuttke, das d-Moll-Konzert von Wieniawski gespielt, und als er geendet hatte, hatte er echte Ergriffenheit in den Augen seiner Juroren gesehen. Aber mit einer Solo-Karriere war es dann doch nichts geworden. Arbeiter- und Bauernstaat hin oder her, taugte der Name Friedrich Krawuttke wirklich für eine Karriere? Er trank noch einen Schluck aus der Wodka-Flasche.

Immerhin war er Stimmführer bei den zweiten Geigen im Orchester geworden, auch nicht schlecht. Zunächst noch ein gesundes Lampenfieber, zuletzt aber richtige Versagens-ängste. Blockaden überall. Kein Vertrauen mehr in den eigenen Kopf, die Technik stimmte nicht mehr. Irgendwann ein Gespräch mit dem Intendanten. „Nein, fallen lassen wir sie natürlich nicht". Schließlich, immer noch ordentliches Orchester-Mitglied, das Auftreten mit einem Akkordeon bei Feiern für verdiente Aktivisten. Agnieszka hatte ihn immer gestützt. „Ich habe zufällig mit Frau Berger gesprochen." – Klavier- und Englischunterricht für die Nichte von Frau Berger. – Ein achtjähriges Mädchen plante eine internationale Karriere. „Russisch kann ich ja, aber wenn ich in London auftreten will ..." Und sie hatte es wirklich geschafft! Zuerst Englisch- und Klavierunterricht bei Friedrich Krawuttke und irgendwann später der zweite Preis beim Chopin-Wettbewerb in Warschau! Friedrich Krawuttke nahm noch einen Schluck Wodka. Er schraubte die Flasche zu und legte sie vorsichtig in den metallenen Korb des Rollators. Er blickte umher, kein

Mensch war in Sicht. Er zog sich vorsichtig an der Lehne der Bank hoch, blieb dann aber ohne Hilfe stehen und erleichterte sich neben der Bank. Er schloss die Hose und sah an sich hinunter. Kein Ein-Meter-Strahl mehr, aber auch kein Tropfen auf der Hose. Alt, aber noch kontinent. Friedrich Krawuttke ließ sich auf die Bank plumpsen. Er nahm noch einen Schluck Wodka. Von Frau Berger Naturalien. „Wegen meiner Nichte." Ab und zu zehn Eier, mal Wurst oder Käse. „Ist ganz frisch." Ganz selten ein Fläschchen Wodka. Eigentlich hatte er nie viel getrunken, aber manchmal war es nicht anders gegangen. Und dann war es gut gewesen, Wodka im Hause gehabt zu haben. Friedrich Krawuttke nahm noch einen Schluck Wodka, legte die gut zugeschraubte Flasche vorsichtig in den Korb des Rollators zurück und lehnte sich an die Bank.

Die Sonne brütete über dem Kopf von Friedrich Krawuttke. Träge zog der Strom vorbei und die Hangwälder waren in sommerliches Grün gehüllt. Der erste Satz des Violinkonzertes endete, das Orchester leitete in den zweiten Satz über und mit dem Bogen ganz nahe am Frosch gestrichen setzte Friedrich Krawuttkes Violine ein, sostenuto und sotto voce zugleich, und hinter den eleganten Kantilenen verbarg sich Schmerz.

„Abgängige Person gesichtet." Die junge Polizistin sprach in den Funk, dann zu ihrem Kollegen am Steuer des Polizeiwagens: „Wie immer. Friedrich Krawuttke auf der Bank im Polder 3."
„Na, so viele Bänke gibt es hier ja auch nicht. Aber eines sage ich dir: Ich habe langsam keine Lust mehr, mir die Bandscheiben auf diesem Weg hier zu ruinieren. Und für die Stoßdämpfer ist es auch nicht gut."

„Lass es gut sein." Die junge Polizistin lachte. Sie hatte ihr langes blondes Haar zu einem Zopf geflochten und diesen hochgesteckt. Aber das konnte man unter der Dienstmütze nicht sehen. „Wenn du nach S... fährst", sie nannte den Namen eines Dorfes, „dann meckerst du auch nicht, obwohl da sogar Wanderwege als Kreisstraßen ausgewiesen werden. Ich für meinen Teil fahre lieber im Polder auf Buckelpisten herum als zum Beispiel beim Weltklima-Gipfel die Blöde zu spielen. Außerdem ist es in diesem Jahr erst das zweite Mal, dass wir ihn hier abholen müssen."

„Du hast recht." Der Polizist hielt den Wagen an und öffnete die Tür. „Dann wollen wir Opa Krawuttke mal nach Hause bringen."

„Eine halbe Flasche Wodka hat er getrunken." Die Polizistin begutachtete die Flasche, die sie aus dem metallenen Korb des Rollators gezogen hatte.

„Suff-Kuh", meinte ihr Kollege.

„Hör bloß auf." Die Polizistin goss die Flasche auf dem Plattenweg aus, dann ging sie ein paar Schritte, um die leere Flasche in einen Papierkorb zu legen. „Wenn ich sehe oder höre, was ihr euch bei den Dienstgruppenabenden reintut, ist das hier reine Homöopathie. Friedrich Krawuttke kann sich mit Anstand besaufen. Jetzt schläft er ganz friedlich und anders als andere hat er sich noch nicht einmal eingenässt. Ich bringe jetzt mal den Rollator zum Wagen und du rauchst in Ruhe eine Zigarette. Und dann fasst du mit an und wir bringen ihn zum Wagen."

Die beiden Polizisten hatten Friedrich Krawuttke untergefasst und schleppten ihn in Richtung Polizeiwagen. „Geht doch ganz leicht", sagte die junge Polizistin.

„Ja, kein Problem", meinte ihr Kollege. „Wir schnallen ihn hinten an, das wird schon gehen."

Der Polizeiwagen war erreicht. „Pass auf", sagte die junge Polizistin zu ihrem Kollegen, „wir haben zwei leere Flaschen Lübzer Pils bei ihm gefunden."

„Wieso das?", fragte ihr Kollege, „es war doch eine halbvolle Flasche Wodka."

„Morgen wird er sowieso einen dicken Kopf und ein schlechtes Gewissen haben. Aber ich will nicht, dass er im Heim Ärger bekommt. Du kennst das ja, ,der Alki von Zimmer 5 ist schon wieder abgehauen, dem bringen wir mal die Flötentöne bei'. Er trinkt eigentlich nicht viel, nur manchmal."

„Aber warum sollen wir das tun?"

„Eigentlich war er ein wirklich guter Musiker. Aber später konnte er nicht mehr auftreten, irgendeine Blockade, ich weiß nicht genau, was es war. Aber er hat einer Tante von mir Klavierunterricht gegeben und ihre Karriere angestoßen. Ich meine, ich wäre ihm das schuldig."

„Wenn das so ist", brummte der Polizist, „warum nicht? Also zwei Flaschen Lübzer sollen es gewesen sein?"

„Genau." Die junge Polizistin öffnete mit ihrer freien Hand eine Hintertür des Polizeiwagens.

Inselschreiber

„Was ist das?" Frank zeigte auf die große Schüssel.

„Das sind Gnocchi in Salbeisauce, ein altes italienisches Rezept. Ich muss zugeben, die Gnocchi habe ich aus der Kühlung. Aber die Sauce ist selbstgemacht."

„Und das in der kleinen Schüssel?" Frank zeigte auf die andere Schüssel.

„Das sind Kalbsnierchen in Dijon-Senfsauce. Glaub mir bitte, ich war ja so froh, beim Metzger mal wieder Kalbsnierchen zu sehen. Ich gebe zu, es ist eine Menge Arbeit, die Nierchen blättrig zu schneiden und vorher von den Röhren zu befreien, aber mir war heute einfach danach."

Frank lud sich Gnocchi und Nierchen auf seinen Teller und probierte. „Ich will dir nicht vorgreifen und voreilig mit dem Essen beginnen, aber das ist wirklich gut. Ein Festessen sozusagen."

„Sozusagen", wiederholte Martina. „Sag mal, Frank, kannst du dich noch an die Ausschreibung für das Literaturstipendium auf Sylt erinnern?

„Martina, ich stecke gerade in meinem Roman. Da habe ich den Kopf voller Gedanken. Das Essen ist wirklich exquisit, aber, so leid es mir tut, ich werde gleich weiterarbeiten. An die Ausschreibung kann ich mich vage erinnern."

„Kommst du gut weiter?", fragte Martina.

„Geneviève und François haben sich aus den Augen verloren. Er hat sich den Partisanen angeschlossen und sie arbeitet im Hospital. Wenn ich das Kapitel beendet habe, werde ich für dich daraus lesen. Ich denke, am Sonntag ist es so weit."

„Wie schön." Martina probierte von den Nierchen. „Mit dem Senf ist es okay?"

„Sehr. Das ist aber kein Senf vom Discounter."

„Was würden deine Freunde sagen? Der preisbewusste Frank! Das hier *ist* aber Dijon-Senf vom Discounter! Und selbst wenn der Senf nicht vom Discounter wäre ..." Martina legte die Gabel beiseite. „Ich würde gerne noch einmal auf die Ausschreibung für das Literaturstipendium zurückkommen: Acht Wochen Aufenthalt auf der Insel in einem kostenfreien Zwei-Zimmer-Appartement, und dazu gibt es eine Zuzahlung von 2.500 Euro. Als Gegenleistung besteht Präsenzpflicht für acht Wochen und eine Lesung. Der Aufenthalt kann auch gesplittet werden."

Frank steckte sich Dijon-Senf-Nierchen in den Mund. „Und was muss man als Schriftsteller liefern?"

„Eine unveröffentlichte Erzählung mit einer Länge von zirka vier DIN-A4-Seiten. Wenn man gewonnen hat, darf man sich ,Inselschreiber von Sylt' nennen."

„Zu welchem Thema?", fragte Frank.

„Eines der letzten Themen hieß ,In Feierlaune'. Die Preisträgerin war Britta Boerdner. Ich habe vor kurzem etwas von ihr gelesen. Der Titel ihrer Erzählung lautete ,Sylt von unten', eine Art Kaninchen-Aufstand auf Sylt. Ob das die Preisgeschichte war, weiß ich gar nicht, aber für mich war es die beste Kurzgeschichte, die ich seit Jahren gelesen habe, heiter, witzig und zwischen den Zeilen nachdenklich. Ganz leicht geschrieben, aber mit Tiefgang. Schade, dass du keine Kurzprosa mehr schreibst." Martina nahm sich noch ein paar Gnocchi.

„Du könntest ja mal in dem roten Ordner ,Meditative Werke' oder in dem blauen ,Geriatrische Geschichten' nachsehen. Vielleicht findest du etwas, was sich für die neue Ausschreibung eignet. Ich will aber ganz offen sagen: Ich möchte nicht ins leichte Fach abgleiten. Mach einfach eine Vorauswahl. Ich schaue mir das dann später an."

„Was heißt später?", fragte Martina.

„Sobald ich das Kapitel fertig habe. Martina, weißt du, was es bedeutet, in einem Bürgerkrieg zu leben, respektive ihn zu beschreiben?"

„Willst du noch Nierchen?", fragte Martina.

„Im Augenblick nicht. Wirklich köstlich, diese Kalbsnierchen mit Gnocchi. Wie ich schon sagte, sozusagen ein Festessen."

„Sozusagen", wiederholte Martina.

„Weißt du, Martina, im Grunde habe ich einige Vorbehalte gegen Sylt: Das Treffen der Reichen und der Schönen, die Art, wie diese Fischbude und die Kneipe am Strand aufs Podest gehoben werden und das andere Drum-und-Dran; aber auf der anderen Seite wäre das Angebot nicht uninteressant. Ich meine, für 2.500 Euro kann man relativ häufig beim Discounter einkaufen."

„Völlig klar", meine Martina, „vielleicht wäre aber auch noch ein Fischbrötchen beim ‚Gosch' oder ein Getränk in der ‚Sansibar' drin. Ich meine natürlich ein kleines Glas. Die Landschaft soll sehr schön sein und die Insel ist so schmal, dass man schnell von der Seeseite auf die Wattenmeer-Seite wechseln kann, je nach Sonnenstand. Ich habe mich belesen. Auf der Seeseite Schweinswale, Seehunde und Meeresvögel und auf der Wattenmeer-Seite rastende Gänse und viele Watvögel. Das Rantum-Becken – in der Nähe liegt das Appartement – gilt als bedeutendstes Wasservogel-Rastgebiet der Insel. Und was spräche wenigstens einmal in den acht Wochen gegen ein Candle-Light-Dinner?"

„Warum nicht?" Frank stand auf. „Sei mir bitte nicht böse, aber die Pflicht ruft. Ich habe als Bornemann-Preisträger immerhin einen Ruf zu verteidigen."

„Ja natürlich", bestätigte Martina. „Ich werde mich dann um die Küche kümmern.

„Vielleicht rufst du mal an", schlug Frank vor.

„Wo?", fragte Martina.

„Na, bei dem Veranstalter, der für dieses Stipendium zuständig ist. Ich meine mich zu erinnern, dass es ein Sprudel-Hersteller ist."

„Das Stipendium wird von einer Stiftung, die der ‚Sylt-Quelle' nahesteht, vergeben", sagte Martina. „Eine unabhängige Jury entscheidet über den Preisträger. Und was soll ich fragen?"

„Erstens, ob dieses Appartement einen Balkon hat, zweitens, ob Bettwäsche und Handtücher gestellt werden, und drittens, ob die Kurtaxe in dem Stipendium mit drin ist."

„Eine gute Idee." Martinas Stimme klang sanft.

Martina füllte restliche Dijon-Kalbsnierchen und Gnocchi in Tupper-Schachteln und stellte diese in den Kühlschrank. Dann belud sie die Spülmaschine, streute Reinigungspulver in die Klappe der Spülmaschinentür und überlegte, welche Taste sie auf dem Gerät drücken sollte. Den Energie-Spar-Gang? Warum nicht? Sie summte ein Lied und ihre dunklen Augen leuchteten. Die Küchentür stand offen und Martina durfte annehmen, dass die Tür zum Arbeitszimmer ihres Mannes wie immer nur halb geschlossen war. „Frank", rief sie.

„Ja, was ist denn, mein Schatz?", kam es aus dem Arbeitszimmer, „hat das denn nicht noch Zeit?"

„Fährst du mit?"

„Was?"

„Ich fahre am Donnerstag nach Sylt. Willst du mit?"

„Was soll ich?"

„Na, mich begleiten. Am Donnerstag fahre ich nach Sylt und am Samstag habe ich eine Lesung im Rahmen der Preisverleihung. Und dann werde ich meiner Präsenzpflicht für das Stipendium acht Wochen lang nachkommen. Du kannst gerne mitfahren."

Sturm über Falkenland

Erstes Kapitel

Violante kniete in der Schlosskapelle. Dicke, salzige Zähren rannen ihr aus den Augen und benetzten ihre Wangen. „O heilige Muttergottes, erbarme dich meiner, eines unwürdigen Menschenkindes, welches dich in seiner Not anruft", betete sie. Viel, ja gar viel, hatte sie der heiligen Mutter zu sagen und gar oft stockte ihr die Stimme und versank in starkem Schluchzen. „Lass wieder Zuversicht einkehren in unser aller Leben und gib, dass Fürst Falkon wieder ein gütiger und gerechter Herrscher wird, wie er es nach den Erzählungen meiner Muhme einmal war." Violante ließ eine Pause eintreten. „Ach heilige Mutter, ich weiß ja, dass es nimmermehr so werden wird wie es einstmals war, aber ich bitte Dich, dass fürderhin ein wenig Freude einkehre in das Leben, welches ich führe."

Leis ging die Türe zur Schlosskapelle und Guste trat ein, Guste, die treue Dienerin von Hultweig, welche sich noch nicht zehn Monde zuvor zu ihrem Schöpfer aufgemacht hatte. Die Tür quietschte, als Guste sie zuzog, und Violante wandte sich um, indem sie das Kreuz-Zeichen machte. „Guste, du bist es."
„Ja, ich bin es, mein Violantekind." Guste setzte sich neben Violante auf die Kirchenbank und zog die Kniende zu sich hoch. Zärtlich strich sie ihr über das Haar. „Wir müssen deine Zöpfe neu flechten, aber vorher will ich dein Haar trocknen. Zu viele Tränen sind in den Zöpfen, Violante. Glaube es mir, irgendwann wird dein Herzeleid vergehen."
„Aber wann?" Mit tränennassen Augen sah Violante in Gustes Gesicht. „Machst du dir da nicht etwas vor? Glaubst du wirklich an das, was du sagst?"

„Auf Regen folgt Sonnenschein", sagte Guste und strich noch einmal über Violantens Haar. „Glaube mir, wie sehr ich den Tod deiner Muhme Hultweig betrauert habe. Aber nimmer gibt es ein Kraut gegen die Schwindsucht und auch Gerlin, unter allen Frauen hier die mit Kräutern Erfahrenste, hat nichts vermocht. So hat der Herr deine Muhme zu sich gerufen und wir müssen damit unseren Frieden machen."

„Ach Guste", seufzte Violante. „Ist es nicht ungerecht? Meinen Vater habe ich nie gesehen. Und als ich fünf Lenze zählte, verlor ich auch die Mutter. Ich kann mich nicht mehr an jede Einzelheit erinnern, aber was ich weiß, dass sie so zärtlich und liebevoll war. Und dann ward ich zur Mutterschwester, der Muhme Hultweig, gegeben. Und diese hat mir das zu ersetzen gesucht, was ich verloren. Und sie hat es gut gemacht. Sie ward mir zwar nicht zur Mutter, aber immerdar werde ich ihrer Wärme und Freundlichkeit gedenken. Du kennst sie besser, du warst nicht nur ihre treue Dienerin, du warst ihr auch die Vertraute."

„Als wir beide, deine Muhme Hultweig und ich, schwanger gingen", sagte Guste, „da waren wir anfangs voller Freude auf das Glück, welches wir unseren Männern schenken könnten. Aber für Hultweig kam es anders als für mich. Schwer lastete die Schwangerschaft auf ihr und nur selten konnte sie ihr Gemach verlassen. Als sie dann eines gesunden Knaben genesen war, konnte ich die Güte, die sie mir allezeit geschenkt, zurückgeben und ihrem Söhnlein die Amme sein. So kam es, dass dein Stiefbruder Falkonus und mein Sohn Christopher Milchbrüder wurden."

„Stiefbruder Falkonus", erwiderte Violante und verzog ihre Lippen. „Ich glaube fast nicht, dass er mein Bruder oder Stiefbruder ist. Außerdem kenne ich ihn kaum. Kaum war ich einige Lenze hier, ward er zum Waffendienst gegeben. Seither ist er nicht zurückgekehrt."

„Deine Muhme hat dich an Kindes statt angenommen", sagte jetzt Guste. „Und Falkonus ist ihr leiblicher Sohn. So seid ihr beide Stiefgeschwister. Ihr seid aber keine leiblichen Geschwister, ihr seid Vetter und Base."

„Und wo weilt Falkonus zur Zeit?", fragte Violante.

„Falkonus dient jetzt bei den Kaiserlichen", sagte Guste. „Er hat es weit gebracht. Er ist jetzt Obrist und ein beträchtliches Häuflein Waffenträger steht unter seinem Befehl. Und Christopher zählt gleichsam zu seinen Getreuen. Er ist jetzt Unterführer bei den Reitern. Für seine Herkunft hat er es weit gebracht. Du weißt, Violante, Sigurd und ich, wir sind einfache Leute und müssen unserem Herrn dienen. Aber Christopher kann, wenn er noch einige Lenze bei den Waffen bleibt, als freier Mann den Dienst quittieren und als Freisasse in der Ostmark siedeln. So hat es der Kaiser verfügt." Ein versonnenes Lächeln stahl sich auf ihr Gesicht. Doch dann trat ein herber Zug auf ihr Antlitz. „Weit ist es allemal, der Waffendienst und die Ostmark. Schon lang haben wir unseren Sohn nicht mehr gesehen."

„Ach Guste", sagte jetzt Violante und umarmte die Sitzende, „so teilen wir wohl des Leids."

Noch einmal strich Guste dem Mägdelein zärtlich über das Haar. „Gleich müssen wir die Haare trocknen und die Zöpfe neu flechten."

„Guste, weißt du, warum der Fürst so geworden ist? Gleichgültig gegen das Volk, frönt er nur noch seiner Falknerei und abends lässt er mit seinen Genossen die Humpen kreisen."

„Die Falknerei ist ein edles Handwerk", erwiderte Guste, „und sie geziemt sich für die Edlen."

„Ja", sagte Violante, „aber Fürst Falkon huldigt nur noch der Beizjagd und das Volk darbt. Zwei Monde liegt es zurück, da ritt ich in das kleine Dorf zu Füßen von Falkenstein ein und sah die Not. Kinder, die Hunger litten, verhärmte Gesichter überall, Armut und Leid." Sie brach ab. „Nun, da durfte ich noch ausreiten mit meinem treuen Braunen. Aber jetzt will der Fürst nicht mehr, dass ich reite, und er hat mich des Stalls verwiesen."

„Es wird der Verlust seiner Gemahlin, deiner Muhme, gewesen sein, welcher ihn aus der Bahn geworfen hat", wandte Guste ein. „Wir wollen zu Gott beten, dass er wieder auf den rechten Weg zurückkommt."

Violante rang die Hände. „Wie oft habe ich hier gekniet, wie oft habe ich gebetet, ja angefleht habe ich die heilige Mutter." Und heiße Zähren quollen wieder aus ihren Augen und flossen, Bächen gleich, über ihr Antlitz.

„Ach Kind, wir müssen geduldig sein." Wieder und wieder strich Guste über Violantens Zöpfe.

„Ist es gerecht, dass die Armen hungern und ihre Herren sich nur noch der Falkenjagd und dem Trunk ergeben? Ich hörte sogar, Guste, dass Dirnen im Schloss gewesen sein sollen. Das hätte die Muhme nie gelitten."

Guste hielt einen Finger vor den Mund. „Still!" Dann, nach einer Pause, fuhr sie mit gedämpfter Stimme fort. „Kind, was sagst du da? Obschon siebzehn Lenze alt, bist du noch ein Mägdelein und weißt nicht, wovon du sprichst. Still, still, hörst du? Lass uns beten." Guste kniete nieder und Violante tat es ihr gleich. „O heilige Muttergottes, lass Frieden einkehren auf Schloss Falkenstein und in unseren Herzen ..."

Arg stand es um Falkenland.

Zweites Kapitel

Violante kniet in der Schlosskapelle. Bang ist ihr ums Herz. Was wird Fürst Falkon mit ihr tun, wenn er ihrer Tat gewahr wird? Wird er sie nur verstoßen? Oder wird er sie töten lassen und wie qualvoll wird der Tod sein, den er beschließen wird? Violante weiß es nicht. Ihr Herz krampft sich zusammen. „O heilige Muttergottes, lass mich stark sein. Stark, wenn ich vor ihn gebracht werde und meine Tat gestehen werde. Stark, wenn ich ihm sage, dass es sein musste und ich es nur für ihn und für Falkenland getan habe."

Mit entschlossenem Schritt ging Violante auf die Voliere zu. Es war die Voliere, in dem sich Fürst Falkons wertvollster Falke befand, Viktorius genannt. Nicht, dass es dem Fürsten an noch größeren Greifen gemangelt hätte. Da gab es noch den Adler, in der Beizjagd Berkut genannt, welcher zur Wolfsjagd abgerichtet war. Aber Viktorius war des Fürsten liebster Greif, der größte Falke, den Violante je gesehen, ein kompakter, im Flug pfeilschneller Vogel, den Falkon von einem nordischen Fürsten bekommen hatte und an dem er mit männlicher Liebe hing. Nur die zartesten Leckerbissen durften es für Viktorius sein und der Fürst ließ es sich nicht nehmen, seinen Liebling, wann immer es ihm möglich war, selbst zu atzen. Violante öffnete die Tür zur Voliere und zog sie rasch wieder hinter sich zu. Mit einem schnalzenden Geräusch, wie sie es bei dem Fürsten gehört hatte, lockte sie den Falken, indem sie ihren mit einem Falknerhandschuh bewehrten Arm in die Höhe hielt, in der ledernen Hand ein junges Küken.

Nach anfänglichem Zögern flog der Falke auf Violantens Hand und tat sich an dem Küken gütlich. Violante nahm die

Falkenhaube, setzte sie dem Vogel auf und dann ..., ja, dann nahm sie das Beil, welches sie mitgeführt und schlug so lange auf den Hals des edlen Tieres ein, bis der Kopf, vom Rumpfe getrennt, mitsamt der Falkenhaube zu Boden fiel. Ganz ruhig verließ Violante die Voliere. War auch niemand ihrer ansichtig geworden, ihre Tat würde ohnehin ruchbar werden. Sie stieg die Stiegen zur Schlosskapelle hoch, um Zwiesprache mit der Muttergottes zu halten.

Violante kniet in der Schlosskapelle und hört, wie es laut wird im Schloss. Gebrüll ist zu hören und Schritte hasten hierhin und dorthin. Schwere Schritte erklimmen jetzt die Treppe zur Schlosskapelle. Die Türe wird geöffnet und Violante, die kniend im Gebet verharrt, wird von rohen Händen hochgezogen, die Treppe heruntergezerrt und in den Festsaal vor den Fürsten gestoßen.

Des Fürsten Falkons Gesicht war gerötet, teils von der Jagd, teils von dem schweren Wein, den die Gesellschaft schon aus schweren Humpen gekostet hatte. Seine Augen waren schon etwas trüb, doch trunken war er noch nicht, der Fürst. Der Abend würde sich noch eine Weile hinziehen. Das Feuer im Kamin prasselte. Die Tafel war aufgehoben, die Tische waren abgeräumt und nun befand man sich in angeregter Unterhaltung, deren Lautstärke zunahm. „Auf unseren Fürsten", rief Bodo von Balzam, ein bärtiger Ritter mit wässrigem, unstetem Blick, dem die Zähne schon von der Seuche schief geworden, und schwenkte seinem Lehnsherrn den Humpen. „Der beste Lehnsherr, den es je gab, der unübertroffene Meister der Beizjagd und, mit Verlaub, der Fürst mit dem besten Keller weit und breit." Grölend stimmte die Meute zu und mit unbewegtem Gesicht versuchte Guste, den Wünschen der Zechenden so schnell wie möglich zu entsprechen. Der Fürst sah auf. Da saß sein Narr, Jens Hasseljan, die Narrenkappe mit Schellen auf dem Kopf, auf einer Truhe, die Beine an den Körper gezogen. Klein war er von Wuchs, der Narr, doch seine spinnenfingrigen Hände waren von enormer Größe. „Narr", rief Falkon in die Richtung des Narren, „komm, trink mit uns. Koste den guten schweren Wein, den ich aus südlichen Ländern hierhin, nach Falkenstein, habe kommen lassen."

„Nur einen Becher, o Herre", antwortete der Narr, „nur einen kleinen Becher. Wisset, wenn der Schlaf alle Menschen auf Falkenstein überkommen hat, will ich wachen, wie ich es immer tue. Ich werde lauschen, dass euch nicht Leides geschieht." Und er schüttelte seine Narrenkappe, dass die Glöcklein klangen.

„Und du wirst trinken", rief der Fürst unwillig und seine Wangen röteten sich mehr als zuvor. „Guste, gib unserem Narren einen Humpen und zwar gut geschenkt." Guste beeilte sich, dem Wunsch ihres Fürsten zu entsprechen und reichte dem Narren mit einem schuldbewussten Blick einen Humpen. Der Narr nahm den Humpen und trank aus ihm einen Schluck. „Auf unseren Fürsten, den Meister der Beizjagd."

„Trink", forderte der Fürst und der Kleine nahm einen weiteren Schluck.

„Trink weiter", forderte der Fürst, doch der Kleine stellte seinen Humpen neben der Truhe ab.

„Alles zur Nacht muss ich hören, o Herre, damit euch nicht geschadet werden kann, dass sich keiner mit einem Messer zu eurem Gemach schleichen kann, aber auch das stolze Stöhnen der erfolgreichen Jäger im Schlaf, den Gang zum Kackstuhl und das Kieksen aus den Kehlen der Lustdirnen, die dem einen oder anderen die Zeit zwischen dem Trunk und dem Schlaf verkürzen." Der Narr schüttelte seine Narrenkappe, die

Glöckchen erklangen und er sang dazu: „Kling Glöckchen klingelingeling."

„Was erlaubst du dir?" Der Fürst war außer sich. Er wollte aufstehen, um seinen Narren zu maßregeln, doch da trat ein Knecht ein. Unterwürfig näherte er sich seinem Herren und flüsterte ihm etwas ins Ohr. Falkon von Falkenstein erhob sich. Blass war sein Gesicht geworden, ganz fahl und blass. Mühsam hielt er sich am großen, eichenen Tisch fest. „Weiß man, wer es war?" Der Knecht flüsterte seinem Herren weiteres ins Ohr. „Holt sie vor mich, sofort." Mühsam setzte sich der Fürst.

„O edler Fürst", ließ sich jetzt Bodo von Balzam vernehmen, „lasse es uns wissen, was geschehen ist."

„Viktorius ist gemeuchelt worden", antwortete der Fürst, „Viktorius, mein edelster Falke." Jetzt war wieder Farbe in seinen Wangen. Er stand auf, nahm den Humpen, der vor ihm stand, und leerte ihn in einem Zuge. „Das wird gesühnt werden mit aller Härte, so wahr ich Falkon von Falkenstein heiße."

Violante wird vor den Fürsten gestoßen und sie kniet vor ihm nieder. Falkon reißt ihr an den Zöpfen. Er ist außer sich. „Du hast Viktorius, meinen edelsten Falken, gemeuchelt."

„Ja, Herr", sagt Violante. Sie merkt, wie sie ruhiger wird. Sie hebt den Kopf und sieht dem Fürsten in die Augen. „Immer mehr vergesst ihr das Volk und immer mehr kümmert ihr euch um die Jagd und den Trunk. Einer musste euch wachrütteln, keiner aber wagte es. Euer Volk leidet, es lebt in Armut."

„Bist du fertig?", brüllt Falkon von Falkenstein.

„Nach dem Tode eurer Gemahlin und meiner Muhme Hultweig habt ihr euch verändert. So musste ich euch das Liebste nehmen, was ihr noch habt, Herr. Ich musste versuchen, euch wachzurütteln, und koste es mein Leben."

Violante verharrt vor dem Wütenden und hält die Hände wie zum Gebet.

„Mein Mündel gibt mir Ratschläge. Mein Mündel meuchelt meinen edelsten Falken", schreit der Fürst. „Rasch, auf die höchste Zinne von Falkenstein mit ihr. Und henkt sie sofort, noch in dieser Stunde. Und mögen die Krähen ihr die Augen aushacken."

„Vorher gebt sie mir", ruft Bodo von Balzam und grinst.

„Schweig stille." Der Fürst gibt dem Ritter einen gewaltigen Hieb, dass er zu Boden fällt.

Guste sinkt vor ihrem Fürsten in die Knie und umfasst seine Beine mit den Händen. „Habt Erbarmen mit ihr, sie ist ja noch ein Kind."

„Schweig, Weib", donnert Falkon von Falkenstein.

Aus Richtung Truhe lässt sich der Narr vernehmen. Er singt: „Wie das Fähnchen auf dem Turme sich kann drehn bei Wind und Sturme, so soll sich mein Händchen drehn, dass es eine Lust ist anzusehen." Dann schüttelte er den Kopf und lässt seine Glöckchen ertönen. „Das, o Herr, ist kein guter Gedanke. Was würde euer Gevatter Guntram, der Fürst von Nebelberg, tun, wenn sich auf eurer Zinne ein Mägdelein im Winde dreht? Er würde alle seine Bänkelsänger ausschicken: Der Herr von Falkenstein führt jetzt eine nackte Lustdirne als Banner."

„Elender." Der Fürst springt auf, geht auf den Narren zu, hebt ihn hoch und schleudert ihn zu Boden. Ein hölzerner Stuhl mildert seinen Fall ab, doch aus einer Wunde auf der Stirne beginnt es kräftig zu bluten. Guste läuft und bringt ein Tuch aus Linnen und hält es auf die Wunde.

„Ich kann das übernehmen", sagt der Narr, indem er das Tuch in seine Hände nimmt und es weiter auf die Wunde drückt. „Ich nehme einen weiteren Mann mit. Gebt mir Sigurd. Wir kleiden sie in ein Gewand nur aus Linnen und bringen sie an den Rand des Moores. Dort setzen wir sie aus. Sollen die Wölfe und Bären ihr Werk tun. Und wenn sie es nicht tun, werden in kurzer Zeit der Schnee, die Kälte und der Wind die Sache erledigen." Gleichgültig drückt Jens Hasseljan weiter mit dem Linnen auf seine Wunde.

Falkon von Falkenstein stutzt. Der Narr hat recht. Soll er gemeinsam mit Sigurd seine Arbeit machen. „Gut", sagt Falkon, „so soll es geschehen. Bindet sie und dann aus meinen Augen. Und zwar sofort."

Und als Violante aus dem Festsaal entfernt worden ist, ergreift der Fürst seinen Humpen, der aber leer ist. „Guste", brüllt er. Und Guste beeilt sich, den Humpen zu füllen. In einem Zug leert ihn Falkon von Falkenstein und wirft ihn an die Wand. „Meinen Viktorius hat sie gemeuchelt, meinen Viktorius."

Stunden später kehren der Narr und Sigurd nach Falkenstein zurück. Der Narr hat ein blutiges und zerrissenes Gewand in der Hand. Er wirft es vor seinem Fürsten, der als letzter noch zecht, auf den Tisch. „Wir haben sie am Rande des Moores ausgesetzt. Als wir später noch einmal nachsahen, war das noch übrig, nicht mehr."

Unrecht herrscht in Falkenland.

Drittes Kapitel

Guste kniete in der Schlosskapelle. Ernst war ihr Gesicht und bisweilen rannen feuchte Zähren über ihre Wangen. Sie betete: „O Herrgott, o heilige Muttergottes, erhört mein Flehen. Krieg droht Falkenland. Schon bald kann es zur Schlacht kommen. Zwei Dörfer hat der Nebelberger inzwischen überfallen und verwüstet. Gebt, dass er zur Vernunft kommt, hat er doch Urfehde schwören müssen und ist jetzt meineidig worden. Und gebt, wenn es zur Schlacht kommt, dass nicht so viel junges und unschuldiges Blut fließen muss. Gebt, dass Falkenland obsiegt, und gebt auch, dass unser Fürst, sollte die Schlacht gewonnen, anderen Sinnes wird." Guste machte eine Pause. „Und haltet schützend die Hände über Violante. Ich fühle, dass sie noch lebt. Nimmermehr hätten Sigurd und Jens Hasseljan ihr Leides tun können. Doch beider Lippen sind – Schwures gleich – versiegelt. Doch wenn sie noch lebt, ist sie auch sicher? O Herr, heilige Muttergottes, haltet schützend eure Hände über mein Violantekind. Ich flehe euch an, obwohl ich ganz sicher bin, dass ihr das tun werdet." Und in Gustes verweintes Gesicht mischte sich stille Zuversicht.

Krieg dräuet in Falkenland.

Viertes Kapitel

Nun muss es doch zur Schlacht kommen. Die Schlachtreihe des Falkensteiners und seiner Verbündeten steht. In der Mitte Falkenstein, in der zweiten Reihe die Bauern aus den Dörfern. Die linke Flanke deckt Burkhardt, Fürstbischof von Mombartstein mit seinen Mannen, die rechte Florian von Stetten. Selbst Bodo von Balzam steht in der vordersten Reihe der Falkensteiner und will an der Schlacht teilhaben. Ist er auch lüstern gegen Weiber und huldigt den Dämonen, die aus dem Humpen steigen, einen Rest an Ritterehre hat er sich dennoch bewahrt. Aufs Schlachtross hat man ihn heben müssen, lässt ihm doch die Seuche das Rückenmark faulen. Aber ein ehrenvoller Tod in der Schlacht ist allemal besser als Siechtum auf weichem Pfühle. Und seine Mannen? Drei Vogelfreie hat er ihren Häschern gegen Gold abgefordert. Da stehen sie, in schlechtes Wams gekleidet, und wissen kaum ihre Waffen zu halten. Aber sollten sie sich in der Schlacht bewähren, winkt ihnen die Aufhebung der Acht.

Ein Flüsschen durchkreuzt in weiten Bögen das Schlachtfeld. Wird sein Wasser nach der Schlacht auch noch so heiter plätschernd und klar fließen wie jetzt? Der Fürstbischof von Mombartstein spricht mit tönender Stimme ein Gebet.

Auch die Schlachtreihe des Nebelbergers und seiner Verbündeten steht. Viele Männer konnte der Meineidige aufbieten, wenn nicht gar zu viele für Falkenstein.

Die Schlacht wogt hin und her. Die erste Reihe der Falkensteiner wankt, doch sie kommt noch einmal zurück, unterstützt von den Bauern aus der zweiten Reihe. Auf der linken Seite hat der Fürstbischof einen schweren Stand. „Heilige Jungfrau Maria", brüllt er, „lass uns nicht zuschanden gehen in dieser gerechten Sache", und gewinnt wieder etwas Raum. Nur auf der rechten Flanke kämpft Florian von Stetten einen aussichtslosen Kampf. Langsam, aber stetig, muss er zurückweichen. Das Flüsschen färbt sich rot.

Schlecht sieht es ums Falkenland aus. Alle Schlachtreihen wanken. Da ertönt das Signal eines Hifthorns und ein Ritter auf einem gewaltigen Falben sprengt heran, in der Hand ein Schwert aus glänzendem Damaszenerstahl, gefolgt von dreißig Berittenen in den Farben der Kaiserlichen. Er reiht sich mit seinen Mannen gleich ganz vorn in die Reihen der Falkensteiner ein. Umringt wird er zugleich von den Mannen des Nebelbergers, doch der Ritter ist ein Meister der Klinge. Und er ist nicht allein. Tüchtige Schwertträger hat er mitgebracht und bald wendet sich das Schlachtglück. Die Reihen der Nebelberger wanken. Dann wenden sie sich zur ungeordneten Flucht. Aber ihr Anführer, Guntram von Nebelberg, wird gefangen. Auf der anderen Seite muss Falkon von Falkenstein aus der Schlacht getragen werden. Der Schlag eines Morgensterns hat ihm das Bein zerfetzt. Und Bodo von Balzam ist es vergönnt gewesen, sein ruchloses Leben noch würdig zu beschließen. Der Hieb eines Nebelbergers hat ihm das Haupt gespalten.

„Sieg", ruft der Ritter auf dem Falben, hebt sein Schwert und klappt sein Visier hoch. Florian von Stetten kommt herbeigeritten und erkennt ihn. „Falkonus von Falkenstein", ruft er, „ihr müsst es sein. Ihr gleicht eurem Vater bis aufs Haar. Euch hat der Himmel geschickt." Doch dann schweigen alle Männer. Mit seiner tönenden Stimme intoniert

Fürstbischof Burkhardt von Mombartstein das Te Deum. „Großer Gott, wir loben dich."

Falkonus von Falkenstein sitzt am Kamin im großen Festsaal, das Gesicht auf den Arm gestützt. Ein Kännlein hat Guste vor ihn hingestellt, doch ihm ist nicht nach Zechen. Da tritt ein Knecht vor ihn. Der Vater wolle ihn sprechen. Und Falkonus von Falkenstein erhebt sich und geht die Treppe hinauf in das Gemach seines Vaters. Da liegt er, der Vater, auf dem Bett und über sein Bein ist ein Tuch aus Linnen gebreitet. Guste steht an des Vaters Bett. Ihre Augen sagen nichts Gutes. „Schlage das Tuch zurück", sagt Falkon von Falkenstein zu Guste und diese schlägt das Tuch zurück. Falkonus zuckt zurück. Da sieht er rot und verquollen das, was einstmals ein Bein gewesen. Mit einem Blick entlässt er Guste und schlägt das Tuch wieder über das Bein.

„Es ist schon der Brand darin", sagt Falkon von Falkenstein zu seinem Sohn und bedeutet ihm, sich zu setzen. „Meine Zeit hienieden läuft ab. Bald wirst du Herrscher auf Falkenstein sein."

„Lasset Vater", sagt Falkonus, „schonet euch."

„Ich muss dir etwas gestehen, bevor ich vor meinen Schöpfer trete." Leis spricht er, der Vater, und Schweiß tritt auf seine Stirne, „ich habe es getan, aber jetzt reut es mich."

„Was, Vater?", fragt Falkonus.

„Ich habe gefrevelt", sagt jetzt Falkon mit ersterbender Stimme. „Violante, deine Stiefschwester und gleichzeitig deine Base, hatte meinen Falken gemeuchelt. Sie tat es, um mir die Augen zu öffnen und mich wieder in ein gerechtes, gottesfürchtiges Leben zurückzubringen, aber ich habe sie gerichtet. Erst wollte ich sie auf der höchsten Zinne von Falkenstein aufknüpfen lassen, doch dann ließ ich sie den Wölfen und Bären vorwerfen."

Falkonus steht auf und wirft den Stuhl um, auf dem er gesessen. Er keucht. „Was tatest du, Vater?"
Aber Falkon von Falkenstein kann nicht mehr antworten. Und Falkonus macht das Zeichen des Kreuzes und schließt seinem Vater die starren Augen.

Jetzt sitzt Falkonus wieder am Kaminfeuer und das Kännlein steht weiter unberührt vor ihm. Violante war ein Kind gewesen, als er Falkenstein verließ. Fröhlich war ihr Lachen gewesen, wenn ihr nach Lachen war, und ernsthaft hatte sie sich verhalten, wenn sie ernsthaft sein wollte. Manchmal hatte sie ihn geneckt und manchmal hatte er sie geneckt. Und immer war es schön gewesen mit ihr und so vertraut. Aber jetzt? Durch des Vaters Tat dieses Mägdeleins beraubt? Falkonus schüttelt den Kopf. „Violante, Violante."

Die Schlacht ist gewonnen, doch Trübsal herrscht auf Falkenstein.

Fünftes Kapitel

Da tritt der Narr, Jens Hasseljan, in den Festsaal ein. Ganz ernst ist er und er schüttelt auch nicht seine Narrenkappe. „O Herre", sagt er und lässt sich vor seinem neuen Herrn auf den Knien nieder. „O Herre, ich muss euch etwas entdecken. Es ist wichtig."

Und wenn auch sein Innerstes von tiefstem Schmerz zerrissen ist, Falkonus sieht das Männlein an und spricht: „Hebt an, Narr." Und der Narr berichtet.

„So habt ihr also dem Mägdelein ein warmes Fell gegeben und zu dem Klausner gebracht. Und das Blut auf ihrem linnenen Gewand, welches ihr meinem Vater gezeigt?", fragt Falkonus.

„Das war Blut aus der Wunde, die mir euer Vater geschlagen", antwortet der Narr.

„Und wo ist das Mägdelein jetzt?", fragt Falkonus.

„Wir wissen es nicht, o Herr", sagt der Narr. „Mehr konnten wir nicht für sie tun. Die Zeit drängte, in der Winternacht zum Schlosse zurückzukehren. Wäre das, was wir zu Violantens Schutze getan, ruchbar geworden, euer Vater hätte uns in seinem blinden, wütigen Zorn auf der Stelle hingerichtet. Und später", der Narr machte eine Pause, „da war Krieg in Falkenland."

Falkonus steht auf und ruft nach den Knechten. „Man schicke nach dem Klausner, rasch, auf der Stelle, eilt euch! Nehmt genügend Pferde mit!" Und dann bückt er sich und zieht den Narren, der immer noch vor ihm kniet, zu sich hoch. „Jens Hasseljan, ihr seid ein kleiner Mann mit einem großen Herzen und der Getreuesten einer."

Da schüttelt der Narr den Kopf und lässt die Glöcklein klingen. „O Herre, führet ihr Falkenstein weise und gerecht, so wird es euch an Getreuen nimmer mangeln."

Laut wurde es und der Burghof von Falkenstein füllte sich mit Reitern. „Wir bringen ihn", hörte Falkonus von Falkenstein, doch er selbst eilte die Treppen hinunter und sah, wie ein alter Mann, in ein braunes Sackgewand gehüllt, vom Pferde gehoben ward. „Bist du der Klausner?", fragte er.

„Ja, ich bin ein Klausner wie viele andere auch." Der alte Mann musterte Falkonus. „Ich lebe in Zwiesprache mit unserem Herrgott."

„Wir haben noch jemanden mitgebracht", ließ sich jetzt einer der Knechte vernehmen und hob wie eine Feder einen Menschen, gleichfalls in ein braunes Sackgewand gehüllt, von einem Pferd. „Wer ist das?", fragte Falkonus. „Ach lasst", sagte der Klausner, „es ist nur ein Bursch, den ich vor langer Zeit aufgenommen, verwaist und elternlos."

„Wer bist du?" Falkonus ging auf des Klausners Begleiter zu und schlug die Kapuze zurück. „Und warum hast du das Haupt geschoren?"

„Er spricht nicht", sagte der Klausner. „Er will den Kopf solange geschoren tragen, bis alles Unrecht von der Welt genommen."

„Ich habe dich doch schon einmal gesehen", sagte Falkonus zu dem Burschen mit dem kahlen Haupt, doch der schüttelte nur den Kopf. „Sagt, Klausner, was ist mit dem Mägdelein, das zwei Männer dir in einer Winternacht vom Schlosse gebracht?"

„Mägdelein?", sagte der Klausner. „Nimmer brachte man mir ein Mägdelein und vom Schlosse schon gar nicht. Wer sollte das auch getan haben?" Misstrauisch musterte er den jungen Fürsten.

„Narr", Falkonus wandte sich an den Narren, „ist das der Klausner, den ihr aufgesucht habt?"

„Fürst", sagte jetzt der Narr. „Dieser Klausner ist vorsichtig. Er kennt euch nicht und weiß auch nicht, was für ein Herz ihr habt. Ihr müsst ihm mit euren Worten sagen, was in jener Winternacht vorgefallen."

„Mein Vater, Falkon von Falkenstein, hat durch die Schlacht, die wir geschlagen, sein Leben verloren. So bin ich an seiner statt jetzt Herr auf Falkenstein", sagte jetzt Falkonus. „Aber mein Vater hatte gefrevelt. Er wollte das Mägdelein, von dem ich sprach, richten lassen, weil dieses, und koste es sein Leben, ihn auf den Pfad der Tugend zurückbringen wollte."

Da kniete der Klausner vor Falkonus nieder. „O edler Fürst. Ich war misstrauisch. Ich musste es auch sein. Wie konnte ich wissen, dass ihr jetzt an der Stelle eures Vaters steht und dass ihr anderen Sinnes seid als euer Vater."

Falkonus wollte sich zu dem Klausner beugen und ihn hochziehen, doch dann sah er, wie sich die Augen des jungen Menschen mit dem geschorenen Haupt langsam mit Tränen füllten. Und der Narr sprach: „Nun nehmt sie schon in eure Arme. Es ist eure Stiefschwester, es ist Violante."

Tränen der Freude fließen auf Burg Falkenstein.

Sechstes Kapitel

Ruhig geworden ist es auf Burg Falkenstein. Es herrscht Frieden. Der Nebelberger hat nach langer Festungshaft erneut Urfehde geschworen und hat zusehen müssen, wie sein Gebiet auf die Stammlande verkleinert wurde. Burkhardt von Mombartstein und Florian von Stetten verwalten die anderen Gebiete so lange, bis der Sohn des Nebelbergers alt genug ist, die Amtsgeschäfte von seinem Vater zu übernehmen.

Doch Falkonus treibt keinen Müßiggang. Mal sind es die Bauern, mit denen er über die Ernte sprechen muss, mal sind es die Hütten, die Erz zu Silber schmelzen, mal sind es die Minenarbeiter, die das Erz aus tiefliegenden Adern ans Tageslicht bringen. Doch manchen Abend kann er nach dem Nachtmahl am Kamin sitzen und mit einem Kännlein, welches ihm Guste hingestellt hat, in die Flammen blicken. Nur wenn er Violantens ansichtig wird, ist etwas in ihm. Er weiß nicht, was genau es ist. Manchmal gibt es einen Stich ins Herz, manchmal krampft sich der Magen. Es ist schön, sie vorbeigehen zu sehen, früher ein Mägdelein, jetzt eine junge blühende Frau. Es ist schön, ihr zuzuhören, ihre Stimme, ihr helles Lachen. Aber es ist noch etwas anderes. Aber schon allein daran zu denken, wäre sündig, denn dafür sind sie beide zu nah versippt. Und dann wird Falkonus nachdenklich und blickt, den Kopf auf den Arm gestützt, so lange in die Flammen, dass er darüber vergisst, sein Nachtlager aufzusuchen.

Und Violante? Manchmal neckt sie den Bruder und er neckt sie. Es ist so schön, so vertraut. Doch oft wirkt er zurückgezogen. Einmal fragt sie ihn, als er wieder ins Feuer starrt: „Ist es nicht bald Zeit, dass du freist?" Doch er sagt: „Mein Herz ist noch nicht frei." Und nicht selten steigt sie auch die Treppe hoch, begibt sich in die Kapelle und betet mit glühenden Wangen. Und manchmal aber ist es ihr danach, zu weinen, ohne zu wissen, warum, sei es allein in ihrer Kammer, sei es in den Armen der guten Guste.

Eines Abends sitzen Violante und Falkonus im großen Saal vor dem Kamin. Das Mahl ist beendet, das Feuer prasselt. Ein kleines Kännlein steht vor Falkonus, er ist kein starker Zecher. Und Violante hat sich von Guste erklären lassen, wie man das Spinnrad handhabt, aber sie merkt, dafür ist sie nicht geschaffen. „Heute war ich mit meinem treuen Braunen unterwegs. Nun, bald braucht er wohl sein Gnadenbrot, der Rückweg zum Schlosse fiel ihm gar schwer. Ich war auch in dem Dorfe unterhalb von Falkenstein. Schmuck sah es aus und ich sah keinen, der darbte. Und fröhliche Kinder waren in den Gassen."
„Das freut mich", sagt Falkonus und blickt in die Flammen.
„Falkonus", sagt jetzt Violante, „das ist dein Werk. Du hast den Bauern wieder Hoffnung gegeben und Nahrung und Zuversicht. Und jedermann spricht freundlich über dich und ist voll des Lobes."
„Violante", sagt jetzt Falkonus, „morgen werde ich die Greife meines Vaters in die Freiheit entlassen."
„Aber Falkonus", Violante schlägt die Hände vor ihr Gesicht, „die Falknerei und die Beizjagd, beides zusammen ist doch ein edles Handwerk, welches einem Fürsten geziemt."
„Ich mag dieses Handwerk nicht", sagt jetzt Falkonus. „Um ein Haar hätte dich die Falknerei das Leben gekostet."
Violante will etwas sagen, doch da tritt Guste ein. Sie wendet sich an den Fürsten. „Ich muss euch etwas zeigen." Ein altes Pergament hält sie in der Hand.

„Was ist es?", fragt Falkonus von Falkenstein.

„Wisset, Herr, ich war nicht nur die Amme eurer Mutter, ich war, wie Violante weiß, auch ihre Vertraute. Einst gab sie mir ein Pergament, es war kurz vor ihrem Tode. Ich sollte es bewahren, sagte sie mir, und es nur dann zeigen, wenn es nottäte." Guste wirft einen Blick auf Violante und ihren Fürsten und ihre Lippen zittern. „Ich glaube jetzt, dass es nottut." Bevor sie sich entfernt, reicht sie Falkonus das Pergament: „Lest selbst. Es ist ein Brief von Violantens Mutter an Hultweig, Violantens Muhme und eure Mutter."

Und Falkonus liest vor: „Aber Violante ist nicht unser leibliches Kind. Wir, mein Gemahl und ich, haben sie an Kindes statt angekommen, nachdem ihre Eltern, der Graf von Erinstett und seine Gemahlin, der Pest erlegen. Mein Schoß aber blieb leer und so bitte ich dich, liebste Schwester Hultweig, mein einziges Kind anzunehmen und ihm die Liebe zu schenken, die ich selbst bald nicht mehr schenken kann, denn ich werde vor Gott treten." Er legt das Pergament sorgsam auf einen kleinen Tisch.

Mit Tränen in den Augen hat Violante gelauscht. Falkonus tritt vor sie und streicht ihr zart über die schwarzen Zöpfe, die schon lange nachgewachsen sind. „Wie leid es mir doch tut für dich. Deine leiblichen Eltern gestorben, deine Adoptiveltern tot, die Muhme nicht mehr ..."

Doch Violante sieht ihm in die Augen. „Aber ich habe doch Falkenstein. Falkonus, wir sind nicht versippt."

Da begreift Falkonus. „Du meinst wirklich?"

Und Violante nickt.

Zwei Menschenkinder sitzen auf hohem Altane auf Burg Falkenstein und halten einander an den Händen. „Wie mutig du warst, Violante. Dein Leben hättest du fast gelassen, als du meinen wütigen Vater auf den rechten Weg bringen wolltest."

„Und du warst es, der die Schlacht gegen Nebelberg entschieden."

„Sprechen wir über etwas anderes", sagt Falkonus von Falkenstein.

„Sprechen wir nicht", sagt Violante und ein stilles Leuchten steht in ihrem Gesicht.

Hell strahlt der Abendstern über Burg Falkenstein.